子摩诗稿自选集

杨枝奇 著

北京燕山出版社
BEIJING YANSHAN PRESS

图书在版编目（CIP）数据

子摩诗稿自选集/杨枝奇著．——北京：北京燕山出版社，2018.8
ISBN 978-7-5402-5236-6

Ⅰ.①子… Ⅱ.①杨… Ⅲ.①诗集－中国－当代 Ⅳ.①I227

中国版本图书馆 CIP 数据核字 (2018) 第 193275 号

子摩诗稿自选集
ZI MO SHI GAO ZI XUAN JI

作　　者：	杨枝奇
责任编辑：	朱　菁　姜栋栋
责任校对：	甄　飞
封面设计：	中诗协文化传媒
社　　址：	北京市丰台区东铁营苇子坑路 138 号（100079）
网　　站：	http://www.bjyspress.com/
微　　博：	http://e.weibo.com/u/2526206071
电　　话：	010-65240430
传　　真：	010-63587071
印　　刷：	廊坊市博林印务有限公司
开　　本：	880mm × 1230mm　1/32
字　　数：	190 千字
印　　张：	7.5
版　　次：	2019 年 5 月第 1 版
印　　次：	2019 年 5 月第 1 次印刷
定　　价：	45.80 元
出版发行：	北京燕山出版社

版权所有　翻版必究

飞翔　摄影：杨枝奇

中　摄影：杨枝奇

辉　摄影：杨枝奇

孤独　摄影：杨枝奇

春　摄影：杨枝奇

觅　摄影：杨枝奇

影 摄影：杨枝奇

红影 摄影：杨枝奇

序一

若提《子摩诗稿》，必得先提一提《江雪诗稿》。《江雪诗稿》是我的一部诗歌总集，收录了我2007年至2017年所作的所有诗歌，分为三辑，第一辑为大学之前所作诗歌，第二辑为大学期间所作诗歌，第三辑为毕业至2017年所作诗歌。

我在2011年8月为第一辑作了简单的序①，在序中我阐述了集子以"江雪"命名的原因及我当时对诗歌创作的一些看法。那些文字，虽然是以前写下的，但是现在读起来，仍有许多熟悉的感觉。如今我从《江雪诗稿》中选出一些自己心仪的诗歌，重新编写了这本《子摩诗稿（自选集）》，也以它作为第二篇序了。

这本集子既以"子摩"为名，这里就先介绍一下自己的一些想法吧。"子摩"是2013年我为自己取的字。何以为字？我国古人之字多含"子"字，如子敬、子明、子瞻、子美等等，我今习之，愿不以为怪。"子"

---

①参阅杨枝奇：《〈江雪诗稿〉（第一辑）序》，即本书序二。

在汉语中有多重含义,此众所周知,便不详述。而"摩"字,我在此赋予了它多重含义。

其一,《说文》云:"摩,研也。"即探索、研究。与"子"连为"子摩",其含有这样的意义,即时时提醒自己在追求诗歌的最高境界(或说追求精神、思想、人生最高境界)的路上,在"以诗修心"的路上,自己还是个孩子,永远处于学习成长阶段,对诗歌、精神、思想、人生,需时时探索、时时研究,不忘初心,善始善终。

其二,"摩"字,代表着三个人:徐志摩,王摩诘,维摩诘。徐志摩的诗歌是我喜欢的诗歌的一部分,其人也是我喜欢的诗人之一。胡适先生称其平生追求"爱、美、自由"三位一体①,这也是我想看到的,或者说也是我想看到的世界的景象。诗歌是一门语言的艺术,精神、思想、人生也是艺术,关于艺术的最高境界,我是赞同丰子恺先生的观点的②,王摩诘的诗歌大都体现了这一点。维摩诘是佛家在家菩萨,其思想、智慧值得芸芸众生探索、研究、学习。以"子摩"为字,一方面是因为对他们的膜拜、尊敬,另一方面是出于对他们所追求的境界和所处境界的一种向往和

---

① 参阅胡适:《追悼徐志摩》。
② 参阅杨枝奇:《奇说"诗歌的境界"》,丰子恺:《我与弘一法师》。

推崇。

其三,"摩"是一个物理单位,符号 mol,1mol ≈ 6.02×10^{23},多大的一个数字呀!我曾把古今所有诗歌比作一条大江,每一首诗歌都是这条大江中的一朵浪花;我也把古今所有的诗人比作一条大江,每一个诗人就是这条大江中的一朵浪花。[①]如今我说:如果我将这 6.02×10^{23} 代表这条大江中的诗歌或者诗人的数量的话,那么每一个诗人、每一首诗歌都成为这 6.02×10^{23} 中的一分子了,我在其中,我的每一首诗歌也在其中。我虽然渺小,但是得时时提醒自己这并不小,要有一种积极向上,追求诗歌、人生高境界的心态和意志;我虽是一粒微尘,亦当使其包含大千经卷;抑或者说要探索、研究,寻得那一微尘中如香丸、如地种的大千经卷[②],那一花里的一世界,那芥子里的须弥山。

基于以上原因,我便以"子摩"为字,这里也将这本选集命名为《子摩诗稿》了。抑或者说将原来的《江雪诗稿》易名为《子摩诗稿》,但不管如何,《江雪诗稿》《子摩诗稿》指的是枝奇的同一本集子。

《子摩诗稿(自选集)》主要分为四大部分,第一部分为旧体诗词,即卷一《旧曲新歌》;第二部分为新

---

① 参阅杨枝奇:《〈江雪诗稿〉(第一辑)序》,即本书序二。
② 参阅《地藏菩萨本愿经》。

诗,即卷二《江上新月》(关于新诗的创作,我喜欢新月派的主张[①],故名);第三部分是一些关于诗歌的心得,即卷三《雪域寻花》(在诗歌这条大江中,诗人需要认真地去寻觅、探索能使江中如雪的浪花开得晶莹剔透,并开出高境界的原理、技能[②],故名。);第四部分,即卷四,为上大学时我的辅导老师和朋友为我的诗集写的点评和评论。在前三部分文字中,我是分别按创作时间的先后顺序进行编排的。虽然有的在创作时记下了创作时间,有的却没有,但是在编排时还是能回忆起大概的年月,并不影响整部诗集的编排。

自创作开始至今,我很少将我的诗歌向某些杂志或报纸投稿,因为我觉得我的诗歌不适合。我的诗歌是抒我志、合我心的[③],不一定符合杂志社或报纸的要求。在校学习期间,我喜欢用我的诗歌参加校内外的一些原创比赛,也曾获得过小小成绩,算是对我这几年创作诗歌的一点慰藉吧!

自2014年开始,我在微博上也认识了一些喜欢诗歌创作的朋友。我在网上发帖时,有的诗友在转发时

---

① 参阅杨枝奇:《奇说"作诗"》。
② 参阅杨枝奇:《奇说"诗人的境界"》,《〈江雪诗稿〉(第一辑)序》,即本书序二。
③ 参阅杨枝奇:《奇说"作诗"》。

还发表了自己的观点或写了评论,对此,枝奇感到很开心,能和朋友们交流一些创作上的心得,是枝奇的荣幸。于此,我也将诗友们的话选录进来,以便朋友们欣赏。然而由于时间的因素,有些诗歌的点评和诗友的跟帖还是没找到,枝奇力所不及之处,还望老师、诗友们多多理解、多多包涵。

在这本选集中,卷三《雪域寻花》主要以"奇说"序列文字给出,如《奇说"作诗"》《奇说"'诗评者'之诗评"》《奇说"诗歌的境界"》《奇说"诗人的境界"》《奇说"新月派诗歌的'外建筑'"》。"奇说"之"奇"有两意:一则杨枝奇,"奇说"说的就是自己的心得;二则奇怪。何曰"奇怪"?在上大一时,我与姚、徐二君初识。一次在校园里散步时,徐君问:"对了,还不知道你名字呢?"我说:"杨枝奇。"答:"好难记。"我说:"只要记住一句话'杨树的枝条很奇怪',这就是我了,不难记。"姚君闻言,说:"'奇怪'!为什么不说'奇特'呢?"我答:"因为喜欢奇怪。"高中时宋君常叫我小奇怪,我并不觉得奇怪。见怪不怪或见怪之不为怪,则安矣!

"学会欣赏诗歌是陶冶情操和提升自我境界的最佳方式之一,能作诗自然就更好了。"[①]这里我将

[①] 参阅杨枝奇:《〈江雪诗稿〉(第一辑)序》,即本书序二。

2007年初习作诗以来不同时段的诗歌选出些心仪的作品，汇成此集，算是对自己十年来诗歌创作的一个总结，也算是对这十年心血的一个纪念吧。记得有一次在酒桌上朋友陈君这样开玩笑说："杨老师的诗歌，要是能静得下心来读懂了，领会了其中的韵味，那么思想境界和精神境界都将获得一定的提升。"然而我并不这么认为，因为每个人都有自己的一些思想追求和创作理念，若拙作能与读者引起共鸣，那是我三生有幸。

我作诗的这些年，常有朋友和我聊及他们的人生经历，或喜或悲，或怒或憎。我观察了朋友们生命中的惆怅和痛苦之后，结合自己的人生经历和对人生的理解，于是有了许多感悟，感同身受，也产生了某些希望。我将这些感悟和希望发言为诗，便有了今天的这些诗作。我选编这本集子，一定程度上就是希望这本集子中我那些不同年龄段、不同处境的人生感悟能对相同年龄段、类似处境的朋友有一定的帮助，对其人生有所启发，能"明其心，通其志"，使其在"修心"之路或者说是"以诗修心"的路上，获得"三看人生"（即"看清、看开、看淡"）的境界，减少心灵、思想、精神上的疾苦，远离人生中的惆怅与苦海。同时也希望能为"诗歌大江"的风韵、多姿、深邃、高雅,为中华民族的诗歌文化的传承和发展添砖加瓦,尽一份微薄之力。①

枝奇虽然在此夸夸其谈,然而不管是诗作能力,还是"奇说"序列的诗作心得,枝奇都还在探索、研究、学习之中,蹒跚于通往诗歌高境界和"以诗修心"的路上,望诸君勿以为怪。最后,枝奇在诗学各方面的不足之处,还望识者斧正!致谢!

杨枝奇
2018 年 1 月 27 日于大可斋

---

① 参阅杨枝奇:《奇说"作诗"》。

序二[1]

暑假来了,我心里空荡荡的,坐着、站着、躺着都觉得没事做,于是便有了写点东西的想法。可是要写什么呢?写什么才好呢?心里一直没个着落。

想了许久,苦恼得很!

"何不将你之前写下的诗歌编辑成册呢?"

"对呀!"

自此,我便着手整理我之前记下的那些文字。

但是,等要想把这些诗稿收集成一个整体时,才发现有多么不容易。我不仅整理诗稿,而且曾经写下的小说、散文、剧本等都开始了进一步的整理。几经折腾,终于将这几年散落在生命各处的碎片收集了起来。既然已经成了一个整体,那总得有个名儿吧。像刚出生的孩子,没个名儿,谁逮着都叫"喂",总是不妥的。

---

[1] 此序即《江雪诗稿(第一辑)自序》,作于2011年8月,定稿于2013年12月。

我从小就生长在农村，在村里上小学、念初中。那边对语文都不很重视，自己也就没太在乎，也不知道是什么时候开始喜欢上了以文字记录情感。大概是2007年开始的吧，该册子中第一首诗便作于此时，而《琐碎》中最早的一篇作品——小说《走路》作于2008年1月，相声小品集《事·趣》中最早的一篇小品《学习先辈》作于2008年12月。

学会欣赏诗歌是陶冶情操和提升自我境界的最佳方式之一，能作诗自然就更好了。然而，作诗不是为了炫耀自己，也不是为了乞求心灵上的寄托，更不是为了发泄烦苦的忧闷，而是为了纪念，纪念自己那些曾经受过的喜怒哀乐及悲欢离合。所以对于诗歌作者来说，曾经历过怎样的时刻，便会写出怎样的诗来，而作诗也就成了诗歌爱好者纪念情感的最佳方式之一。

人这一生，总不能全是坎坷的、愁苦的，也总不能全是顺心的、欢欣的。愁苦时往往郁郁寡欢，一蹶不振；欢欣时往往喜形于色、神采奕奕。所以在关心艺术并涉及艺术创作的人的一生中，如诗人、画家、作曲家等，其作品的风格和情感是可以随时间的更迭而改变的。尤其是作诗，我们常说"触景生情""情景交融"等，可见诗人的诗作所表现出来的情感或风格是会因其在不同时段所见之景、所思之情、所怀之志的不同而不同的。很多时候，即使是同一个景致，对

不同个性、不同际遇的诗人而言也可能会有不同的情感、不同的作品产生,不可一语而概之。

我常这样认为,泱泱中华(乃至全世界)滚滚滔滔、浩浩荡荡的诗歌大江中,常盛开着无数雪花般皎洁晶莹的浪花,即江中之雪。诗歌无论是记事抒情还是说理咏史,无论是失落悲伤,还是励志壮景,都是该大江中一朵不可磨灭的浪花。这些如雪浪花的绽放,使得这条诗歌大江变得风韵,变得多姿,变得深邃,变得高雅。而如果我将中国(乃至全世界)自古以来的所有诗歌作者也比作一条大江的话,那么每一个诗歌作者也便是这大江中一朵不可磨灭的浪花了。另外,我将这本集子命名为"江雪",还与柳公《江雪》诗意、诗情有关,我很喜欢诗中所描绘的景致和意韵以及渔翁的精神和境界。

在这本册子中,你会看到旧体诗(近体诗、古体诗、词)和新诗。在旧体诗歌的写作中,我一方面遵循该遵循的格律,另一方面为能够做到"旧瓶装新酒",我做出了自己一定的尝试,如在诗歌中引入当代事物(电话、照片等)作为意象,适当使个别字不拘于格律等。"诗言志",甭管是写旧体诗,还是新诗,只要能写并且能完整地、准确地表达出自己所想要表达的"志"就行。

记下自己的情感历程,甭管是喜,还是悲,收录好，辑成册。在几十年后的今天，打开它，再去读，我想它会勾起你喜悦的联想，或者唤醒你悲伤的记忆。然后你会抬着花白的胡须微笑着说：原来我的过去还有这般欢喜、悲伤。那时你便会感到精神和情感上的充实和欣慰。

这里，我就将这几年所记下的文字按写作的先后顺序辑成此册，命为《江雪诗稿（第一辑）》。数量不多，平均下来每二十天才分到一首，相当于"月记"吧！但即便是"月记"，也能明显反映出这几年我生命的情感面貌。某于此班门弄斧，寥寥数语，仅以为序，贻笑大方矣！

杨枝奇
2011年8月1日于六枝家中
2013年12日定稿于江西师范大学瑶湖校区

目 录

卷一　旧曲新歌

夏日纳凉偶得 …………………………………003

登　高 …………………………………………003

鹊桥仙·深秋独处 ……………………………004

练歌归来（并引）……………………………004

十六字令·游桃花山 …………………………005

晚　霞（并引）………………………………005

长相思·怀友 …………………………………006

南乡子 …………………………………………007

清平乐·无眠 …………………………………008

清平乐·静夜思 ………………………………009

初春小河得句 …………………………………009

出　游（两首）………………………………010

游　园（并引）………………………………011

山　行	012
定风波·良辰何处	013
深秋过桃花湖	013
思	014
听　筝	014
一剪梅·冬园	015
雪	015
贺新郎·春恨	016
卜算子·放风筝	016
回龙溪小记（两首）	017
相见欢·凭楼独盼	018
十六字令·饮酒	018
醉花阴·寄久别好友	019
游　春（五首，并引，选四首）	020
拟早锄	021
闻窗外狂风恶雨有作（两首）	022
班级聚会即兴	023
忆江南·聚会遣怀	023
夜　下	024

卯辰登山	025
初冬清晨即思	025
长相思	025
无　题	026
清　霜	026
清平乐	026
农　居（九首，选八首）	027
游庐山东线（三首，选两首）	031
游石钟山有记（三首，选两首）	032
相　思	033
六九登山	033
游三清山有记（三首，选两首）	034
春日杏潭小记	036
题江畔竹	037
游阳宝山寺	038
水仙子·泉	039
寒堤临眺	040
题焦墨山水	040
春日小酌（两首）	041

春日月下小酌 …………………………………… 042

雨　中 ………………………………………………… 043

遇雨有作 ……………………………………………… 043

问道东山 ……………………………………………… 044

秋　荷 ………………………………………………… 044

于明月山青云栈道 …………………………………… 044

丙申年春节前夕归家后习书有作 …………………… 045

恋绣衾·踏春 ………………………………………… 045

秋　夜 ………………………………………………… 046

丙申年冬耕 …………………………………………… 047

晨起舞剑偶得 ………………………………………… 047

丁酉年春节归途得句 ………………………………… 048

浣溪沙·丁酉年元日有作 …………………………… 048

野　客 ………………………………………………… 049

五九寒山 ……………………………………………… 049

夜下与好友饮酒对局得句 …………………………… 049

归嵩山得句 …………………………………………… 050

无　题 ………………………………………………… 051

清晨过文殊院 ………………………………………… 051

丁酉年冬至子丑闻室外风雨得句……………………051

卷二　江上新月

路　　上………………………………………………055

星　　空………………………………………………056

思………………………………………………………057

晨　　露………………………………………………058

晚　　山………………………………………………059

叫　　花………………………………………………060

看见了你………………………………………………062

相思犯了罪……………………………………………064

守着手机的安谧………………………………………065

冬日太阳的婚礼（并引）……………………………067

我的小屋之前…………………………………………069

雨后寻梦………………………………………………071

看，一个疯子…………………………………………073

在雨中…………………………………………………075

飞翔（两首，选其一）………………………………076

看　　鱼………………………………………………077

路　旁…………………………………………078

感觉，这是一种什么感觉……………………080

雪　人…………………………………………082

情诗一束………………………………………083

喜　丧…………………………………………086

觅不见莲花……………………………………087

夜　好…………………………………………088

远　近…………………………………………089

原　草…………………………………………091

摸　鱼…………………………………………093

夜风轻吟………………………………………094

征　婚…………………………………………096

寻　觅（两首）………………………………098

自　语（两则）……………………………… 100

寂　夜………………………………………… 102

寂夜有人无眠………………………………… 104

作　料………………………………………… 105

弯　月(七行诗)……………………………… 106

月下波鄰（七行诗）………………………… 107

七夕的天空	108
风到之处有我	109
自由的云	110
老人的守望	111
旅　途	112
夕阳下的相守	113
思在中秋	114
晚　枫	115
寻　莲	116
七行诗：生命之歌	117
随　风	121
坟　地	122
落　叶	124
生病的麦秧	126
长着翅膀的太阳	128
思　念	129

卷三　雪域寻花

| 奇说"作诗" | 135 |

奇说"'诗评者'之诗评"……………………147
奇说"诗歌的境界"……………………151
奇说"诗人的境界"……………………155
奇说"新月派诗歌的'外建筑'"…………164

卷四　相关评论

《江雪诗稿》序……………………………179
读杨枝奇的诗………………………………185
《江雪诗稿》跋……………………………191
胡　　言……………………………………193

卷五　附　录

"奇说"微语选录……………………………199
枝奇楹联选录并征联（新韵）……………203
枝奇印章作品选录…………………………206
杨枝奇文学创作履历………………………208

卷一 旧曲新歌

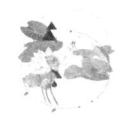

夏日纳凉偶得

金光万里入人家,闲卧凉庭静品茶。
林外一支欢鸟曲,清风邀我赏兰花。

(2007.07)

黄氏暮雪:一首古风,短短数语描绘了一幅院中休息的乡村美景。在鸟语花香中,诗者淡然于大自然的那种诗意和情怀跃然纸上。

登 高

伐茅取道乐云间,万里清波万里山。
欢鸟红花春处好,长风一动碧接天。

(2008.03)

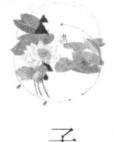

鹊桥仙·深秋独处

清波冷月,灰堤暗柳,万里荧星何处?天河两岸泪连珠,想必忆、向时幕幕。　　飞花已逝,笙歌也故,阵阵寒风难宿。阳春去了若白驹,惊回首、欲寻无路。

（2008.10）

练歌归来（并引）

2008年12月10日,与学校[①]"百人合唱团"于老年大学练歌。

勤练欢歌踏夜归,桃湖[②]石岸柳风追。
波灯逐月月犀荡,钩饵牵云云影随。
铃乐无心扰垂者,流萤有意戏棕葵。
长桥亲载笑颜去,竹打帘窗好梦回。

---

① 指贵州省六枝特区第一中学,后文简述为六枝一中。
② 桃湖,指六枝桃花山公园里的桃湖。

十六字令·游桃花山①

桃,春闹枝头粉面娇。南华梦,归去觅逍遥。

(2009.02.09)

晚 霞(并引)

天久雨,近一月未晴,今观红霞万里,甚喜,记之。

楼前歇骤雨,移步看青松。
叶动林中鸟,帘招岭上风。
九天光似血,千里气如虹。
莫与朝霞论,斜晖本不同。

(2009.05.19)

---

① 桃花山,位于六枝桃花山公园内。桃花山公园坐落于六枝特区,有桃花山、笔架山、小石山、桃花湖等景区。桃花山流传有桃花仙子的传说。春来桃花盛开,风景优美;夏来青山耸翠,碧波怡人。

长相思·怀友

云影追,月影追,追到枝头残叶飞。寒风眉上摧。思堆堆,念堆堆,念往蓬山①青鸟背。心随雁字归。

(2009.06.07 晚)

图 1 枝奇焦墨山水习作

---

① 蓬山,代指所怀之友所在地,唐李商隐《无题》云"蓬山此去无多路,青鸟殷勤为探看"。

南乡子①

落木打危楼，冷月残山遍地秋。将问百芳何处去？幽幽，逝者寒鸦乱眼眸。　　皆叹去难留，帘卷阴风势也仇。绿蚁对天天未应，东流，一曲江河万古愁！

（2009.10）

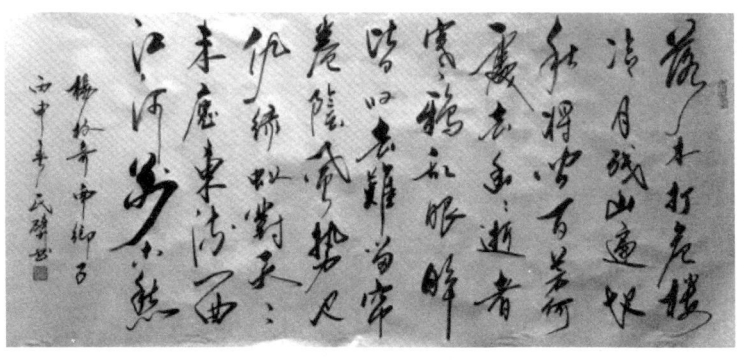

图 2 天津书法艺术家、诗人何氏璧老师书《南乡子》

---

① 开心评价：落叶飘零，冷月清秋姹紫千红的娇容远逝何处？缭乱心魂的眼眸仍然时隐时浮。上片从恋春中悲秋。叹难留，帘卷心忧。问君能有几多愁，恰似一江春水向东流。下片重点悲秋，抒发作者凄婉之情愁。

清平乐·无眠

鸡鸣夜半,急雨情思乱。欲理无门愁肠断,饮尽千杯还满。　　雁鱼去了无踪,寒阴帘卷如锋。人面谁知何处?①桃花几度春风。

（2010.01.11）

图 3 杨枝奇焦墨山水习作

---

① "人面谁知何处?桃花几度春风"句化用唐崔护"人面不知何处去,桃花依旧笑春风"句。

清平乐·静夜思

纤纤墨迹,书尽相思意。欲仿古人书遥寄,天野雁鱼难觅。　　挂山残月成钩,几时肠断方休?无计此情更盛,在眉更在心头①。

(2010.02.14)

初春小河得句

轻轻鸟语新风戏,片片流云玉镜空。
日暮春晖皆逝去,气蒸寒雾色重重。

(2010.03)

---

① 句中"无计此情更盛,在眉更在心头"化用李易安《一剪梅》"此情无计可消除,才下眉头,却上心头"句。

① 刘正全评价:上片寄情,下片写景,情景交融,相得益彰。"天野雁鱼难觅"承前启后,既写出相思难托,又为下片的"挂山残月成钩"铺垫,两句紧扣,月如钩,心更愁……尤喜下片最后一句,化用易安词,有前人之意,更创一己之格。下片更具风韵,欣赏!

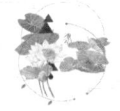

出 游（两首）

观油菜花

百里金黄姿俊俏，清风迎面和芬芳。
若非昔日勤劳作，焉有今朝满地香。

写生①

挥毫原野上，十里赤天光。
雀与清风舞，蝶随玉柳翔。
高篁生墨绿，白水溢花香。
农犬相追闹，声声透远冈。

（2010.03.10）

---

① 李群评价：好一幅农家春景图，麻雀在嬉闹，垂柳随风飞舞，几只家犬在追逐打闹，处处清丽，处处安逸，欣赏！

游 园(并引)

天大旱,百日未雨。7日晚忽降甘霖,8日晨余见万物欣然,甚喜,记之。

晨思何处去?直往碧园中。
薄雾出高岭,轻云动远空。
鸟鸣生雅韵,蝶舞戏芙蓉。
信步芳菲竞,神游紫气同。
寄心昨夜雨,当染万山红。

(2010.04.08)

图 4 杨枝奇焦墨山水习作

山 行

身行茫野际，垂露重轻衫。
悠谷清风盛，白溪小韵玄。
犬鸣林戏鸟，云起客耕田。
借问尘中路，何时返自然？

（2010.07.02）

图 5 《山行》，杨枝奇焦墨山水习作

定风波·良辰何处

临晓勤学烟气深,迅雷阵阵绕山林。隔绿犹闻群雀闹,谁料,阴风骤至意逼人。　　吹卷飞红心绪乱,肠断,黑云压面雨倾盆。多少芳菲随水去,何处?纵得行者亦难寻!

（2010.08.02 清晨）

深秋过桃花湖①

独步小桥边,黑云暗岭天。
青石绝鸟迹,幽径断人言。
雨打湖中木,风摇岸角船。
何时绿桃柳,驱尽九秋寒?

（2010.10）

---

① 桃花湖,位于六枝桃花山公园内。

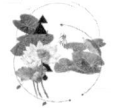

思

月满中秋暮气凉,小亭独卧忆家乡。
西风不解匏樽意,一夜吹来万里霜。

(2010.11)

听 筝

月冻风寒枯木冷,瑶筝听断客销魂。
高山流水应犹在,何处伯牙钟子音?

(2010.11)

图 6 杨枝奇焦墨山水习作

一剪梅·冬园[①]

独往冬园遭冷风。荒径枯藤,败叶残松。寒光楼顶暗云中,照树无形,映我无踪。 孤影无心向夜空。天亦忧忧,客亦忡忡。身犹重到事难同,浊雾深深,烟雨蒙蒙。

（2010.12）

雪

不知窗外雪,翩舞玉天来。
潜入神州地,乾坤日夜白。

（2010.12）

[①] 李青评价：一首婉约的小词，上片写景，用冷风、荒径枯藤、败叶残松、寒光等事物描绘出一片萧瑟的冬景。下片借景抒情，孤影无心、忧忧、忡忡等一些忧郁的词表达了作者惆怅的心情，浊雾深深、烟雨蒙蒙的场景更彰显和加重了苦闷的心情！前后意境统一，连贯自然！欣赏！

贺新郎·春恨

还伴鸡鸣处,闹铃声,枕旁响彻,催人无度。逢假心思足睡许,冷气偏偏掠褥。抵身倦,力拉帘幕。四下房屋皆不见,色幽幽,细雨锁窗户。情有怨,与谁诉?

凭栏未遇山头树,算而今,惊蛰已过,怎还寒苦?暗柳含烟烟衔柳,天弄黑云裹雾。怅寰宇:阴风发怒。侵卷魂灵离体去,恼今春,十里芬芳故。缠我恨,万千数!

(2011.03)

卜算子·放风筝

青碧艳阳天,遍野顽童趣。信手拨丝飞秀筝,点点搏云翼。　风弄更腾空,欲向仙宫里。既是心思万里行,轻解凭它去。

(2011.06)

回龙溪小记（两首）①

其一

人柳滔滔舞碧波，石鱼切切逗白鹅。
幽篁雀跃清风戏，翠叶欢蝉跭鸟歌。

其二

波风缕缕骄阳醉，跭柳针针云镜游。
闲看翩蝶舞林碧，修竹趣斗小黄牛。

（2011.07.15）

图 7 杨枝奇焦墨山水习作

---

① 回龙溪景区位于贵州六枝特区的北部，距离六枝特区中心区仅24千米。回龙溪景区以山奇、水清、谷曲、泉怪为特色。

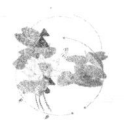

相见欢·凭楼独盼

晓来还倚危楼,落银钩,帘卷冰风有意刺眉头。人未故,魂先去。水东流,尽是人间离恨断肠愁!

(2011.12)

十六字令·饮酒

杯,饮尽千山万壑悲。愿长醉,魂与素云飞。

(2011.12)

醉花阴·寄久别好友[1]

残叶穿空风涌注,乱了山前路。烟雨本无心,卷起孤帘,却打寒窗目。　　思来犹忆狂欢度,酒饮佳肴脯。何处是归途?倘应天时,要过春无数!

(2011.12)

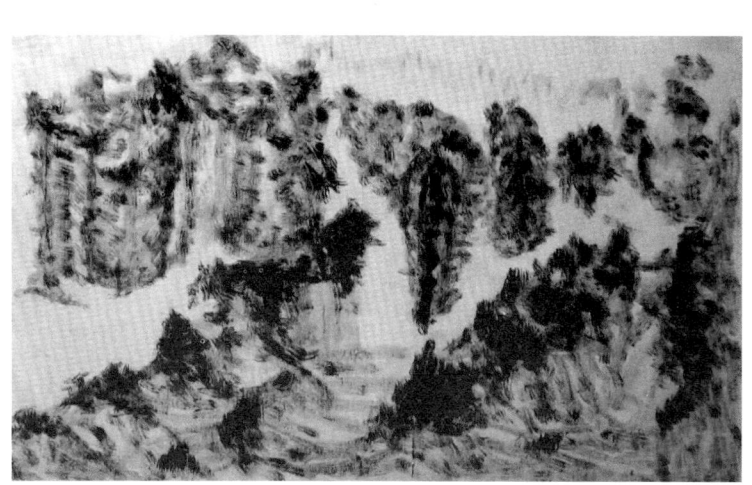

图 8 杨枝奇焦墨山水习作

---

[1] 鄱湖渔客评价:得宋词之味,在遣词造句之间一点一点地把词人的情感表露出来,每一句都很到位,所有的句子又能有机地融为一体,不做作,让情感在叙写之中如月光泻地般渗入读者内心。好词!

游 春（五首，并引，选四首）

2012年3月24日，余趁于骄阳之媚，借于清风之势，游于校园①之中，沿途有记！

清平乐·于小杏岭（其一）

轻衫飞步，情溢骄阳路。想必逢时春意怒，有意驱寒无数。　　新枝跕鸟相迎，长桥碧水同行。恰此一方好景，亲聆十里天音。

于小杏岭（其二）

日上修竹驱旧意，林扶幽草吐新芽。
清芳何事缠人面？十里春风拈柳花。

不慎摔跤（其三）

心思寻尽天光意，水笼青石前路迷。
恰是清风相嬉戏，送来春土半身泥。

于鹅湖桥（其四）

红鱼出水天云动，欢鸟携风碧叶歌。
小岸白鹅诚有意，招来丝柳舞清波。

---

① 校园指江西师范大学瑶湖校区。

拟早锄[①]

细雨寒食过,荷锄原野行。
单衣白露坠,群雀碧枝鸣。
云起山林阔,雾开天地清。
躬身事南亩,闲看水中萍!

(2012.04)

图 9 《山居图》,杨枝奇焦墨山水习作

[①] 人们常言"清明前后,种瓜种豆",寓意着农忙时节的到来。

闻窗外狂风恶雨有作（两首）

其一

欲除恶雨心无力，寄意天宫看玉皇。
莫损园中刚懿树，留得清气醉斜阳。

其二

气暗云黑万事沉，九天雷电九天狞。
愿为一夜清风雨，洗尽黔尘日月明。

（2012.04.30 下午）

班级聚会即兴①

群聚翠萍中,纵歌谁可同?
清风知客意,携醉笑长空!

(2012.05.27 晚)

忆江南·聚会遣怀②

新旧雨,笑语动危楼。何惧万樽将我醉,但吟千韵与仙酬。风举九天游!

(2012.07)

---

① 鄱湖渔客评价:语言流畅,结构完整。叙事、抒怀、表情、达意,一气呵成。"清风知客意,携醉笑长空"两句得唐人之妙!
② 布衣诗情评价:此词读来朗朗上口,有太白之味。笑语动危楼,何惧万樽,墨舞仙酬,风举九天,有似。人生得意须尽欢,会须一饮三百杯的奋发意气。个见,问好。

夜 下[①]

闲卧凉亭静,繁星万里明。
群山伏偌虎,高树立出神。
河汉身同坠,家灯势有灵。
草虫歌野里,远犬吠乡邻。
挥墨寻佳句,精心辨雅音。
愿得白玉镜,清气罩乾坤。

(2012.08.16 于家中庭院)

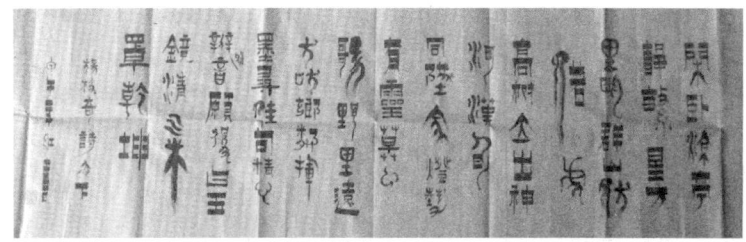

图 10 郑州书画家梁红先生手书《夜下》

---

① 杜华平:这是好诗。

卯辰登山

道狭草盛乱蒿多,雀闹繁枝清露坡。
横看农山翻碧浪,亦听归客应风歌。

(2012.08)

初冬清晨即思

人面寒街落木忧,罡风瑟瑟啸危楼。
玉皇若晓虔心意,勿降冰霜雪我头!

(2012.09.13 晨于瑶湖师大)

长相思

夜未眠,叶满天,风送乡音何处圆?银钩远木残。
情连连,意绵绵,苍了一头苦发颜!白霜四宇寒。

(2012.10)

无 题

西风扫落木,冷夜孤人心。
凄寂缠思念,闲愁两处增。

(2012.10)

清 霜

冬晓天风涩,岭园十里白。
应为乡里雪,翩舞此中来。

(2012.12.24 晨于瑶湖师大①)

清平乐

薄云轻雾,雾断山头树。尽觅林间清气路,何处青崖白鹿? 岭前碧水人家,闲庭自带芳华。十里修竹耸翠,乘风趣做篱笆。

(2013.04.30)

---

① 本书中瑶湖师大为江西省师范大学瑶湖校区的简称。

农 居（九首，选八首）①

碧枝闲卧（其一）

十里骄阳芬翠柳，浓荫洒下缕金光。
清风趣送鸣蝉乐，高枕闲枝小韵长。

为农稼除草（其二）

白露沾衣何所畏，躬身除秽在山头。
三山勤苦清波漾，七尺肥稼咸汗休。
不是东篱居五柳，却如函谷过青牛。
借询天籁生何处？林外声声瑞鸟喉。

（2013.07.12）

---

① 这组诗歌作于2013年暑假，那时住在六枝农村家中。

锄禾归晚（其三）①

锄禾青岭去，身戴暮风归。
寰宇彤云醉，夕林宿鸟飞。
躬耕非五柳，农院满香炊。
目送乾坤外，银钩动浅辉。

夜下乘凉偶得（其四）

月如玉面山如黛，林野草虫新乐怡。
天外闲云动河汉，清风来此载相思。

（2013.07.13 晚）

---

① 鄱湖渔客评价：一首田园诗，有五柳风，有浩然意。耕耘晚归，暮色渐临，和风拂面，天边彤云，林间鸟飞，一派祥和。辛勤耕作，五谷满仓，反用五柳先生典故，写出欣然之意。尾联借景抒怀，借银钩浅辉写幽静内心，淡雅悠远。

山行小记(其五)[①]

清风趣动生弦管,百鸟新歌闹岭楸。
回首神惊红日俏,绿篱笑满紫牵牛。

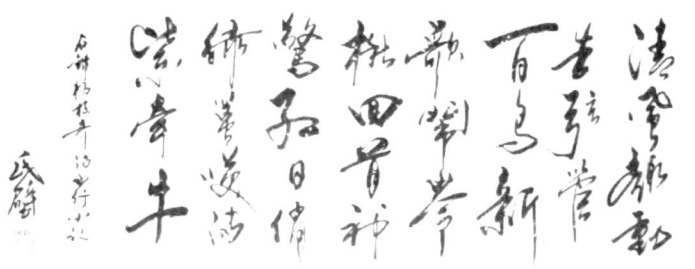

图 11 天津书法艺术家、诗人何氏璧老师手书《山行小记》

夜下乘凉偶得(其六)

闲卧前楼避严暑,清风携月碧枝吟。
轻移画扇驱蚊秽,伏耳细聆蛩曲音。

(2013.07.20 晚)

---

① 杜华平:用笔老到,诗情活泼。

深夜惊醒思伊未眠（其八）

暑鼠惊人梦，横梁闹夜更。
舍前邻犬吠，帘下岭风腾。
何处伊人面？几时鱼雁声？
残灯不知意，犹伴晓鸡鸣！

清晨看东山日出（其九）

兜率天音生琥珀，太极灵意舞金莲。
放歌神醉九霄外，不是浮屠也是仙。

（2013.08.20）

图 12 天津书法艺术家、诗人何氏璧老师手书《清晨看东山日出》

游庐山东线(三首,选两首)

于玉川门(其一)
危岭寒烟坠,碧云松雾追。
玉川生雅韵,谈笑未思归。

题三叠泉(其二)
青峰翘首搏云翼,千尺白裙岭雾裁。
非是瑶池波涌溢,安得飞雪世间来。

(2013.09.28)

游石钟山有记(三首,选两首)

于梅花厅前栏凝眺(其一)

画栏孤雁波风冷,只见烟舟未见家。
回首玉楼生曲韵,瑶筝声也落梅花!

于石钟山泛舟岩(其二)[1]

造化石钟韵,香樟曲径幽。
松风白塔俊,堤浪晚云柔。
心岂随身老,情应与命休。
泛舟凭送目,烟水好幅秋。

(2013.09.29)

---

[1] 谢珍珍评价:这首五律以极其简练的笔触,描绘了石钟山的迷人景色,给人身临其境、如诗如画的感觉。诗人笔调委婉,由浅入深,借景抒情,在宁静的气氛中层次分明,动感鲜明。

相　思[1]

避天浊雾锁山头，落木枯秋乱眼眸。
红豆何兼梧桐雨？一方烟水百方愁。

（2014.01.26 于六枝）

六九登山[2]

出篱吠犬惊归燕，新柳隔河笑路人。
宿鸟别枝歌小律，岭风携醉闹山春。

（2014.02.05 于六枝）

---

[1] 枫叶如丹评价：这是一首精致的小绝！起承句写出了秋雨的迷蒙和萧瑟景象。转合句点题，用问答的方式抒发了心中的相思之苦和无边的愁绪。诗作起承转合完美，意境极佳。

[2] 有俗语云"五九六九，沿河看柳"，寓意着春天即将到来。

游三清山有记（三首，选两首）

其一①

长梯信步三清去，神御云风入海天。
玉岭邀春一色重，幽泉隔绿五音甜。
高歌任我非乾闼②，紫袖挥毫仰大千。
鹤发童颜君莫笑，半身俗子半身仙。

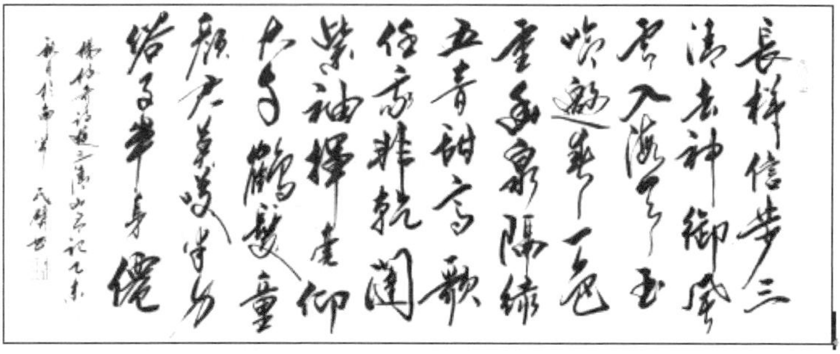

图 13 天津书法艺术家、诗人何氏璧老师手书
《游三清山有记》（其一）

---

① 刘正全评价：恣意纵横，风云捭阖，敬仰大千，亦仙亦俗。文笔不凡，游刃有余。
② 乾闼，即乾闼婆。在印度神话中，乾闼婆是半神半人的天上乐师，是帝释天属下职司雅乐的天神。

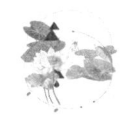

于西海岸栈道（其二）

身在三清险，魂觉悬玉空。
危崖借海势，翘首摄千峰。
高栈飞天翼，仙云舞碧松。
子童来自在，犀月①礼君翁。
法蕴文殊语，似闻弥勒踪。
心一神气静，岂惧生毒龙。

（2014.04.06）

图 14 《盆松》，杨枝奇焦墨习作

---

① 三清山景区有景点老道拜月，有怪石犀牛石，故云。

春日杏潭[①]小记

新柳白桥杏水明,紫藤春闹惠风迎。
红鱼碧鸟闲枝戏,魂醉修竹梦隐亭。

（2014.04.14）

图 15 杨枝奇焦墨盆景习作

---

① 杏潭：位于江西师范大学瑶湖校区小杏岭。

题江畔竹

江风歌碧玉,鱼荇戏深竹。
叶叶生清气,节节卧丈夫。
停杯邀日月,挥墨醉诗书。
琴瑟毒龙惧,禅安小木屋。

（2014.07.04）

图 16 仿石涛画境,杨枝奇焦墨山水习作

子摩诗稿 自选集

游阳宝山①寺

小岳飞来佛塔众,禅音不见制愆龙。
残垣有恶白云远,秽草无情弥勒空。
鼎立三山成旧事,心虔几度战阴风。
莽苍阅尽千禅乱,何处莲花生磬钟?

(2014.08)

---

① 杜华平:《游阳宝山寺》甚佳,历史沧桑感很强,炼句亦颇工。
阳宝山:《中国古今地名大辞典》(臧励酥编,上海书店出版社,2015年1月第1版,第962页)云:"阳宝山在贵定县北十里。高千余尺,树木森密,殿阁崔巍,群峰环向此山,称黔东之胜。山上产茶,山后为西华山。"据说,在明清时期,已与四川峨眉山、云南鸡足山并称为西南三大佛教名山。

在明代,阳宝山上修建了莲花寺等寺庙,香火旺盛时,僧众200余人,临山寺而观,夜闻钟鸣,晨观日出,寺隐雾中,紫气氤氲,呈"云联一片寺前寺,露拥千层山外山"(《贵山联语》)之景象,被古人喻为"小泰山"。如今的莲花寺,早被毁坏,那些对联有的只见残迹,有的毫无踪影。那些铜铸佛像、罗汉也不知去向。

相传莲花寺始建于明永乐年间,由阳宝山开山和尚白云大师所建,后经历代扩修,形成宏伟规模。

距主峰约200米处的一个斜坡,有大小塔墓百余座,小土坟亦百座。塔坟除塔顶全部被毁和塔墓被盗者破坏外,其余部分保存完好,其时间跨度从清康熙初至光绪末。史籍中记载的亭、殿、碑、碣等只剩余地基或散落在残石、乱草瓦片之中。现存的上百座和尚塔坟几乎都有图案与文字,观塔之造形,有六角形、八角形、圆形等,此外还有鱼、虫、花、草的浮雕,有着很高的工艺、美术、历史、学术和书法等方面的价值,文史专家乐于拿它与嵩山少林寺的塔林相比。

水仙子·泉[1]

泉生虚谷自坚岩,不向邪波混恶澜,潺潺千载青冈伴,漫观雪雨残。　　琼浆仙雾幽兰,松风健,任九天,醉了清贤。

(2014.10.26)

图 17 杨枝奇焦墨山水习作(九寨沟采风画稿)

---

[1] 谢珍珍评价:只是一首咏泉词,风格绮丽温婉,上片道出了泉的坚韧和百折不挠的品性。下片寓情于景,体现了一份洒脱、一份优雅。综观全词,平仄入韵,具有轻松愉悦的格调,意境深远含蓄,耐人寻味!

寒堤临眺

衰草寒江乱,长烟断远洲。
波风声瑟瑟,堤木气幽幽。
兴败凭谁论?盈虚未可求。
清斋听日月,肩上落白鸥。

(2014.11)

题焦墨山水

十里天风乱,千山草木残。
莫忧云雨变,心静可安禅。

(2015.02)

春日小酌（两首）

其一

岭上斜阳去，霞炊动玉轮。
茅香透林水，青气罩山村。
举盏临春树，挥毫寄暮云①。
凭虚醉霄汉，闲卧赋乾坤。

其二

未饮杯中物，已闻醇馥幽。
出篱百鹤唳，入口寸心柔。
舞墨听山水，掬光卧岭楼。
安禅随日月，留醉与清秋。

（2015.04）

---

① 杜甫《春日忆李白》诗："渭北春天树，江东日暮云。"

春日月下小酌

圆光十里多玄韵,小苑风和镜水开。
芳馥穿空思玉盏,春芬铺地认蓬莱。
既得清圣松前醉,岂叫闲忧心上怀。
莫哂毒龙无可至,益将禅影静莲台。

(2015.05)

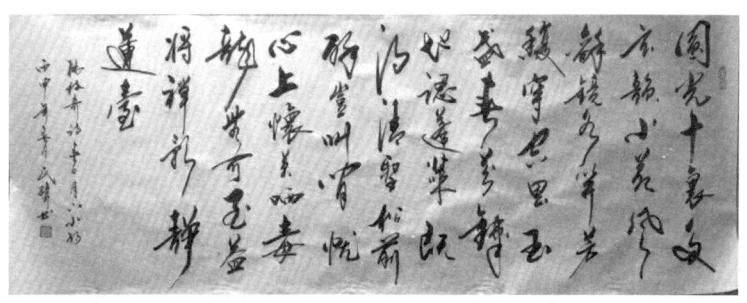

图 18 天津书法艺术家、诗人何氏璧老师手书《春日月下小酌》

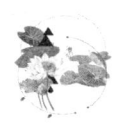

雨　中①

晓风携垢乱苍穹，云外小雷邪庋长。
试问天公心何在？一般轻雨百般伤。

（2015.07.11）

遇雨有作

细雨连天侵客面，残枝滴泪痛浮沉。
西风亦有相欺意，打断闲愁打断魂！

（2015.09.06）

---

①　大港的梦：晓风扬尘，雷霆轰鸣，起承由视觉到听觉摹景，画面高远、宏大；转句反问，进而感怀，给人无限想象的空间，为何一般的轻风细雨会有那么多的伤感呢？诗作转合自然，遣词凝练，情感丰沛！

问道东山

乱芳青草与身齐,问道东山前路迷。
莫笑心痴天欲晚,夕阳红处醉钟离。

(2015.09.18)

秋　荷

小苑残荷满瘦枝,西风寒木断春池。
接天几度无穷碧,毕竟秋深霜重时!

(2015.11.06)

于明月山青云栈道

素闻明月多奇俊,寻道苍茫细野间。
直壁势飞惊九宇,劲松神定忆七贤。
宜挥翰墨听山水,莫使青云断慧缘。
心若虚一心自静,伴得危栈亦安禅!

(2016.01.13)

丙申年春节前夕归家后习书有作

登车行古道,此日饮乡泉。
岭上春风早,林中暮雪寒。
凭窗空北月,泼墨静东山。
举酒寻清韵,素宣飞凤鸾。

(2016.02.08)

恋绣衾·踏春

春闹枝头白日丹,四野明、山满杜鹃。临细流、修词赋,乐高竹、风动倚檐。　　携来美酒歌玄韵,卧长空、人醉意闲。欲起舞、君休笑,远樊笼、归去自然。

(2016.04)

秋 夜

秋高气冷山无月,残叶穿空打歙台。
欲把飞蚊作白鹤,九天何处上仙来?

(2016.09.13)

图 19 《曲径通幽》,杨枝奇焦墨山水习作

丙申年冬耕

冬立三秋尽,暮山烟霭深。
远林幽似鬼,寒雨细如针。
斩草黄花笑,锄蒿野客临。
青崖尤屹立,白鹿与谁寻?

（2016.11.12）

晨起舞剑偶得

黄鸡扰梦魂犹在,拔剑临空任自然。
风扫腊梅梅未老,星追晓月月初闲。
常怀九宇莲花地,莫叹八荒木叶天。
坐看太极生紫气,浮生一日且安禅。

（2017.01）

丁酉年春节归途得句

又踏长车去,西风四宇寒。
小街飞落木,古道入空山。
莫论尘中乐,常怀岭上泉。
农家稻醇美,归去且安禅。

（2017.01.25）

浣溪沙·丁酉年元日有作

烟火如雷动岭楼,新桃千里桂浆幽。万家辞岁尽珍馐。　除夜虽云天上乐,不如闲卧看春秋。且将焦墨写青牛。

（2017.01.29）

野 客

九宇流云尽,长天万木稀。
空山一野客,独坐赋余晖。

(2017.02.01)

五九寒山

细雨东风冷,九天寒雾沉。
空山无碧玉,岩上半枝春。

(2017.02.08)

夜下与好友饮酒对局得句

闲来把酒言车马,拔剑穿空醉意迟。
莫笑三魂临九宇,毒龙离尽正当时。

(2017.02.12)

归嵩山得句

昔饮袁州酒,今食季室[①]风。
隔林闻牧曲,极目写青松。
直壁三千尺,斜阳九万重。
水穷人入境,云起月临空。
归此识真性,安禅静晚钟。

(2017.06)

图 20 《山深寺隐》,杨枝奇焦墨山水习作

---

① 季室,即季室山,亦即少室山。

无 题

六月千山画,百花一地诗。
风逐谷中玉,何处唤鱼池?

(2017.06)

清晨过文殊院

晨日空灵宇,松风碧影闲。
白光开似水,高塔静生禅。

(2017.06.20)

丁酉年冬至子丑闻室外风雨得句

袁山冷冬至,孤夜百枝零。
凄雨缠今事,冰风锁古庭。
消愁休举酒,拔剑莫思萍。
泼墨空诸相,无晴亦有晴。

(2017.12.24)

卷二 江上新月

路　上

风——狂——猖狂
路——长——漫长
使人心惧，让人恐慌！
——那桃花一样
　　奕奕的姑娘
梦一般飘过身旁
越过残枝，越过颓墙
失了倩影，散了芬芳
远去了，谁知何方——
风——狂——猖狂
路——长——凄长

星　空[①]

天上漂泊的残星，
被愁云深深裹紧；
像条条寒冰铁绳，
捆绑了自由的身。

镰月落挂在西岭，
寒光交织着家灯；
清风游荡在山林，
沙沙的满是乡音。

天上漂泊的残星，
是游子期盼的心；
寂寞随夜空渐冷，
是尖刀削断了魂——

（2009.04）

[①] 姚菲尔评价：诗者借景抒情。残星被密布的愁云紧裹，像铁绳一样桎梏自由。镰月挂西岭，寒光照寒舍，清风游山林，沙沙的乡音乡情。形单影只，寂寞如残星刀刻心与魂。笔锋尖锐，有深度，苍劲。作者笔下的星空斑驳苍凉，残星伴君心，伴君行！

思

那远方候鸟的哀鸣,
——不尽——凄凉——
还剩什么?这片土地,
昔日葱葱绿绿的山冈,
飘过沁人心脾的花香;
以往清清澈澈的河流,
洒下渔夫银铃的歌喉。
灰蒙蒙的天空,
雾沉沉的山峦,
水流中一艘孤独的船。
——微微的浊浪,
寂寞的白帆!
艄公沙哑的讲述,
游子迷茫的眼眸。
飘飞的思绪早已到,
故乡屹立的古槐篱墙!

(2010.08.15)

晨　露[1]

早早地就来了
像极了绿叶的情人
和他相依相偎
太阳已经出来
笑靥下，欢乐的清晨

滴滴的露珠
是美丽多情的魂灵
伴着欢鸟的歌声
挽着绿叶的手臂
在清风中，舞姿娉婷

奈何，日光愈烈
火一般地在山野横行
露哟，成了
一颗颗易碎的愁心
一只只相思的眼睛

(2010.09)

---

[1] 王振龙评价：枝奇年少而才气四溢，甚为佩服。才气青年看枝奇，风流潇洒赋妙诗。

晚　山[1]

黄昏下起伏的山峦
像匹匹骏马厮杀在疆场
天那边一轮血色的斜阳
流出一地凄丽的红
将万物的身影拉得老长老长
如瘦瘦的线，细细的丝
网住了河山，拴住了宫墙

黄昏远去，失了光亮
在残夜凄清的山野林岗
怕是有冤魂在悠悠飘荡
伴着阴风正浅浅哀号
那瘦线在颤抖，细丝在恐慌
曾经驰骋的英雄们啊
试问几许豪壮，几许心伤

（2010.10.04）

---

[1] 萍水相逢评价：夕阳下的群山气势壮阔，比喻和拟人的运用非常自如，黄昏远去的描写由景入情，最后用感叹的提问提升了诗意。

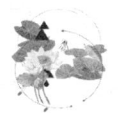

叫 花①

穿一件薄薄的破烂衣裳,
是在无边的凄夜里寻望,
觅着亲爱的温馨曙光,
可遭受的冷讽已很长很长!

身体不是坚硬的钢,
唇枪下,早已碎骨粉伤;
心神不是火热的骄阳,
舌箭中,早已透底冰凉!

悲痛绝望的泪划破脸庞,
渗满了滴滴愤郁的血流淌,
仿佛只只凶残的蚂蟥,
吞噬着意念,噬咬着心脏。

完整的心已成百孔千疮,
只好渴求阴风不要发狂,
别将这骨灰式的粉碎吹荡!
还得虔诚地祈求上苍——

要将这船忧恨狠狠载上,
运到彼岸那阴森的坟岗,
在愁苦的黄连树下深深埋葬,
叫化这历久刻骨的死亡——

（2011.07.08）

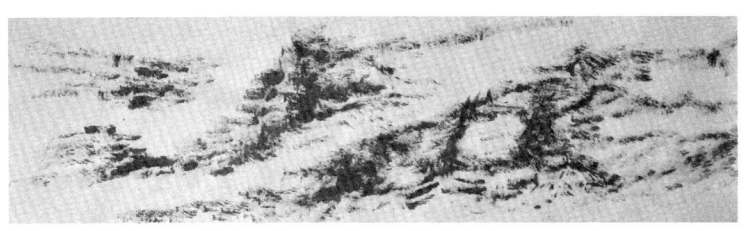

图 21 枝奇焦墨山水习作

---

① 美银评价：《叫花》触目惊心，痛入骨髓！《叫花》充满了悲怆。一韵到底，像一首忧伤的歌。

看见了你

白天
伴着人海的茫茫寻觅
听着喧闹的城市
踏着潮流的更迭
我看见了你,远远的
远远的,在我的梦里

傍晚
伴着眼前湖畔静静的绿碧
戏水红霞轻灵的羽翼
抚面杨柳婀娜的妩媚
我看见了你,你,来了
来了,走在我的眼睛里

夜晚
在那小河秋波的深情中
在月光荷韵的音节里
在婆娑树影的微笑间

我看见了你，你近了
近了，像要走进我的心里

早晨
沐着温馨可爱的太阳
在幽兰芬香的清幽的山谷
在满怀松竹的飘飘的山峦
我试着靠近你
追寻，自信地朝你走去

现在
却逢着环境的困惑惨遇
撞着心灵的阴霾悲剧
寒风中恶雨击打着躯体
人衰心毙，看了
你深深烙在我的记忆里

（2011.12.09）

相思犯了罪

残灯下桌前的丝丝寂寞,
厌倦了阴风的横行号嘶;
冰寒中悬挂的点点伤悲,
忍受着细雨的凶残冷凄!

孤愁被狠狠地撕得粉碎,
像散了三魂七魄的骨灰。
夜空里是谁的声音低泣?
怕只怕是相思犯了恶罪!

(2011.12.11)

图 22 枝奇焦墨山水习作

守着手机的安谧

夜,像寂寞的姊妹
在寒风中悄然来临
而我,像极了夜的情人
守着手机的安谧

夜,是寂寞的姊妹
确实把我当作了情人
对我不离不弃
和我,守着手机的安谧

夜,被砰然打破
手机铃声响亮而又熟悉
将这堆沉寂震得粉碎
像坠地的酒杯,声音寒脆

眉间划过一丝欣喜
瞬间定格到手机屏内
看到的却不是你的言语

还得守着手机的安谧

守着手机的安谧
成了寂寞的情人
心魂在夜空中冰冷
只求梦中期盼的你!

(2011.12.16)

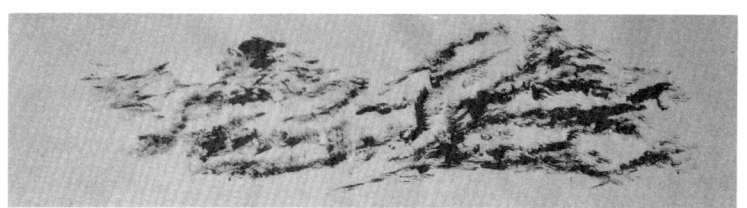

图 23 枝奇焦墨山水习作

冬日太阳的婚礼（并引）

在寒冷的冬季，三九的日子里，天空出现美丽温暖的太阳，照耀在大地之上，那情景正如新人婚礼的祥和与温馨！

选在三九的冬季——
举行这太阳的婚礼
——是太阳的意思。
冬日新婚的太阳
有着阳春里激情的尤熠
有着礼堂上新娘的丽昳
——笑靥甜甜而幸福的悦怡
双眸迷人而温馨的婉嬺

走在三九的冬季——
参加这太阳的婚礼
——是我的意思。
胸中的怿悦随之荡漾
衣角嬉戏着拉着清风的双臂
思绪飞扬着绕着长天的青碧
脚步轻盈着踏着大地的美丽
心灵翱翔着乘着白云的双翼

歇在三九的冬季——
庆贺这太阳的婚礼
——是自然的意思。
鸟儿翩跹在树梢的欢喜
舞着姿态婀娜的娉婷
唱着太阳新婚的乐曲
要庆祝这冬日太阳的娇媚——
梵婀玲上的欢乐相融在风里!

留在三九的冬季——
感受这婚礼的宁涩馨
——是世界的意思。
我徜徉在地球边上,神采奕奕
任凭这所有温和亲善的空气
这一切灿烂辉煌的旖旎
任凭他环绕着侵入我的躯体
看他造出个和谐完美的世纪

(2011.12)

我的小屋之前

要在我新造的小屋之前，
  将一个中意的水塘修建；
不要那多方锋锐的角棱，
  要像那开好亲柔的花瓣。

该引入清明的水，要活的，
  让清风搅起一圈圈猗旎涟漪；
该植入点生命，水藻鱼儿
  固不可少。色彩不宜过单——

再把从闹市带来的饱满粒粒，
  加点泥，精心植入这心爱的莲，
盼望着。吐芽了，生长着，
  笑出了点点晶莹，绿裙翩翩——

还要在这荷岸上种些垂柳，
  让那青丝缕缕垂下与柔波相连；
还有那碧树的郁郁葱葱，
  牵着那青春活力的玉兰参天——

要让鸟儿在绿叶中欢唱,
　　伴着那玉指间典雅的筝弦;
要让碧枝在清风中舞蹈,
　　情同那宽袍大袖的剑舞翩跹。

任这方的清气将我环绕,
　　心,时时守候在这荷塘边;
躺在藤椅,依一壶清茗,
　　意随鱼儿在清澈里自在悠闲——

要将这中意的荷塘修建,
　　在我意欲的小屋之前;
要将这清雅的荷塘修建,
　　修建在我梦想的心间——

(2012.04)

雨后寻梦

终于停了那发了一天狂的雨——
　　我推开门,朝外望去;
　　将门轻轻合上,朝外走去,
啊!终于停了那放肆了一天的雨!

　　我要在这雨后的绿坪上行走,
　　　　可惜天色已晚,黑了;
　　　　幸亏那暗黄的街灯还在,
　　我要在这雨后的清气里云游!

　　寻着了一方宁静的地域安坐——
　　　　默默注视着那片安详的湖:
　　　　街灯在微波里浅浅地笑,
清风牵着柳条柔柔地打额头拂过——

　　这是寻梦者梦里怿怿的天堂——
　　　　银河垂下了与水藻相伴;
　　　　当是有鱼儿还在水滨作乐,
　　青蛙也和上了两三点婉转音响!

而我，在这湖滨的石凳上静静地
用手将下巴轻轻托住，
看着，思索着，享受着——
和谐，我想我该是这里的一分子！

（2012.05）

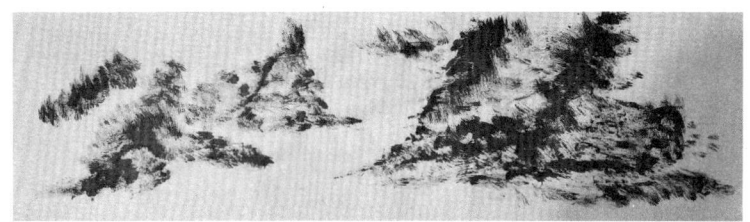

图 24 枝奇焦墨山水习作

看,一个疯子

"看,一个疯子!"
　　似乎都如此叫他——
　　在言语声中
　　是一个疯子的他
　　像一匹不拘陈规
　　想要挣脱缰绳的马——

"看,一个疯子!"
——走在言语声中——
　　"这是一个疯子!"
——携一壶酒,大袖舞风
　　饮一口酒,身卧草丛
　　此生无醉,长啸苍穹

"这是一疯子!"
——向往苍穹
　　他将缚住的羽翅
　　奋力拍打,拍打
　　累坏了,进取的心思

伤害了,薄弱的身子

"看,一个疯子!"
都对他如此称呼——
言语将他撵走
黑夜里腐着一具尸首
"看,这是一个疯子!"
——四野声音依旧

(2012.05)

图 25 枝奇焦墨山水习作

在雨中

心在那淅沥的雨中寻找，
在雨点欢腾的路面轻笑；
唤醒的手机也神清气美，
拍下眼角塘荷的绿裙袍。

脚印踏上瑶溪的白石桥，
有岸柳随风将手轻轻招；
看雨点布满了水面画圈，
渔者的银勾犹在那垂钓。

索性向天空尽情地呼啸，
放声唱出最爱的青歌谣；
风雨携树枝也为我伴奏，
旋律邀清雾将楼房袅绕！

纵然有污水攻占上眉梢，
也在自然嬉戏里觅逍遥；
打湿了衣裳青丝又何惧，
只愿洗净秽心的恶尘糟。

（2012.05.14 下午）

飞翔（两首，选其一）

其一

携着玉壶的清明甘甜，
在青山里无拘地放歌；
驾着清风的羽翼飞翔，
看流水中渗透出欢乐。

任心魄在碧天里翩跹，
朦胧中形醉而神未迷；
起似草原上白鹤腾跃，
落如松林间苍鹰立枝。

自由是你怦怦的天堂，
日月是你忠实的翅膀。
倾壶在天地自然里醉，
陶醉，白云为你做被！

（2012.05）

看 鱼

在清清的水里自由——
河水在身旁轻轻地流；
鱼儿轻轻地摆尾，
在青青的荷叶下轻轻地游，
伴着悠悠的波，轻轻露头——
而我，是在桥上，
看着，轻轻招手——

轻轻的风拂过荷面，
绿裙里透着轻轻的歌喉——
鱼儿在轻轻伴舞，
小河眼波里秀着轻轻的柔，
荷叶蓝天里着轻轻的绸——
而我，是在岸上看着，
看着，轻轻拍手——

（2012.05.27）

路 旁

一

挎着个悠闲的包,自在,
在悠闲的路上静静地游;
路旁悠闲着一条小狗,
在青树下摇着尾,轻步行走——

"呵呵!好可爱哦!"
你张了口,亲切地伸了手;
"汪汪!你好可恶!"
它张了口,狠狠地咬了你的手——

二

挎着个悠闲的包,自在
在悠闲的路上静静地游;
路旁悠闲着一条大狗,
在青树下龇着牙,吐着舌头——

"啊啊!离我远点!"

你张了口,害怕地绕着它走;
"呵呵!这是你的谬误!"
它张了口,眼里秀着温柔——

(2012.06.03)

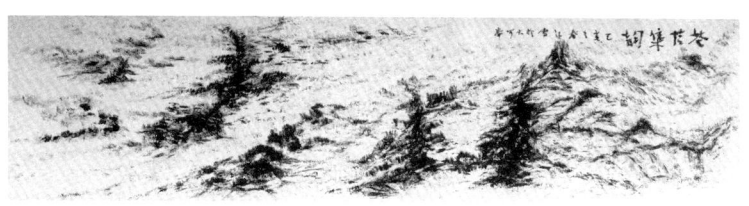

图 26 枝奇焦墨山水习作

感觉,这是一种什么感觉

这是一种什么感觉?——
心里袭来了莫名的寒冷,
长天里平添了万里阴霾;
凄风在脸上狠狠地割,
残叶在空中零乱地落;
不见了前时的明媚,
何处再寻得那欢乐的云彩?——

这是一种什么感觉?——
心里装满了重重思念,
怀有无尽的言语想对你说来;
可相逢时,总静静地并排,
伴着寂寞的悠道,我也无言,
你也不语。这嘴变得笨了,
像着了强力胶,死活也张不开!——

这是一种什么感觉？——
心里激荡着万千愤郁，
长啸一声，问天问地问蓬莱；
感觉，这是一种什么感觉？
这是一种谁造出的感觉？
为何引发了这世间，
无数凄恻不尽的离合兴衰？——

这是一种什么感觉？——
心里攻进了阵阵巨痛，
头脑里占满了无限悲哀；
宁叫无常将我带去，
连同那即将老去的骨骸；
如此便没了思念的理由，
似乎我们生在不同的两个世界！——

（2012.11.07）

雪 人

下雪了,宇宙一片纯洁
我要借这白造一个雪人
作为我的形象立在那里
成一个真实的爱你的魂

你说:一个,一个不够
两个,让他们相依相偎
塑成我俩形象立在雪地
盼着长天里连理的芳菲

哦!相依相偎怎么能够
还要他们在寒风里相扶
相吻,直到雪染白了头
嗯:还得寻觅一方净土

渐渐地,这雪白的土地
长出来两个含泪的魂魄
烈日最是无情,已消融
未相融,这里谁曾爱过

(2013.01.04)

情诗一束[①]

一 风

啊!——
是谁零乱的手指,
梧桐下拨动琵琶!
搅翻了红豆心绪,
撩乱了青青须发!

二 雨点

那一点一点,
轻轻地点在静静的湖心,
那一圈一圈,
圆圆地圈出点点的真情!

哎呀!看那圈圈的漪轮,
怕像是最冷寂的消融呀!
瞧,那里——
水波里圈点着忧思眼睛!

[①] 你是我的眼:作者笔致轻灵,观察细微,奇思妙语,"圆圆地圈出点点的真情,""水波里圈点着忧思眼睛"比喻生动形象,情思婉约,仿若看到一位少女在细数雨点的天真性格,令人遐思。

三 浮桥

这是条长长的寂寞,
深深地幽浮在湖面。
和那束飘迹的乌云,
在天空哀沉着嘴脸。

请瞧那铁青的木板,
两岸间冰冷的锁链。
竟像是七七的群鹊,
平添了这无数思念!

四 一湾水

深深地躺在这土地的
　绿柳芳草之间!
这一湾沉静而深情的
　碧波青云呀,
　想必比不了那天间
　茫茫的河汉,
蒸不起那浓浓思念?

哦!若能向王母玉皇
　借得个东风万里,
能否叫那喜鹊的歌唱,

环绕在天地人间；
能否叫那皓月的圆圆，
流到这心魄之间，
兴起那相爱的层层漪涟？

（2013.06.11-06.16）

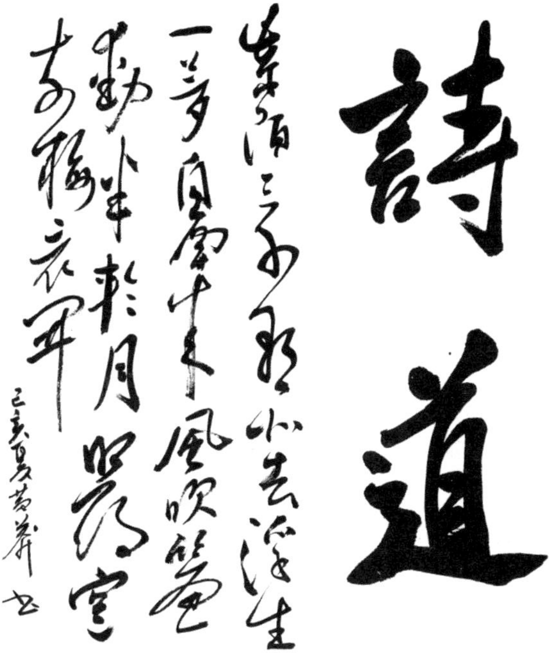

图 27 诗书：黄莽

喜 丧

鸟儿喜欢着骄阳,
激情在天空热烈;
不信　你看——
清风也携着祝福、
快乐为他们喝彩!

然而那遥远天际,
山水像是在分别;
不信　你看——
怕是有虔心碰壁,
在云中颤颤滴血!

（2013.06.14）

觅不见莲花

觅不见莲花,池塘成了一本金银夹,
 只见长天里有云在打架。
 只见长天里有云在打架,
觅不见莲花,池塘成了一本金银夹。

周边的水泥墙,火烫得如烧着的铁床,
 那满天的清风雨,何故不早来?
 那满天的清风雨,何故不早来?
周边的水泥墙,真如烧着的火烫铁床。

不需要感慨:林立的楼,总有人会来,
 都愿穿着压弯了炸焦的骨!
 都愿穿着压弯了直正的骨!
不需要愤慨:豪华的楼,总有人涌来。

觅不见莲香,空气成了浑浊的泥塘,
 泥塘里长着了瘀血在流淌;
 泥塘里长着了瘀血在流淌,
再不见莲香,空气成了污浊的泥浆!

(2013.06.18)

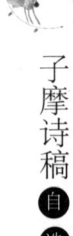

夜　好

天上皎月玉面玲娇
悄悄地转过回廊
趴在窗台甜甜地微笑
锦帘争过额头
对月将手轻轻地摇

前庭的夜真是热闹
歌乐在这里联欢
修竹携树影在娉婷舞蹈
清风倒也没闲着
邀我和雨切磋琴箫

（2013.10）

远　近[①]

晚风宁静，
　　月色明清；
我看着你，
　　你看远星——

你回头看我，
　　看我很远——
你抬头看星，
　　看星很近——

河汉波粼，
　　桥鹊无音；
夜空有颗，
　　滴血的心——

我看着你，
　　你看远星；

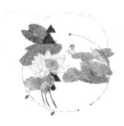

晨风宁静，
　　天色明清——

（2013.10.15）

图 28 书法：黄莽

---

① 萧鬓评价：一首《远近》我读到了杨枝奇和孤城《远和近》的不同。歌唱、写诗、说相声，丰富多彩的生活足以让他有自信把诗写得具有绘画美、音乐美和建筑美。我想年轻的杨枝奇对《远近》的配图应该是欣然的，我又在想这样一位年轻的诗人是不应该具有"滴血"的经历，并且能做到那样的"宁静"和"明清"的；用四字句作诗很容易流于古板和晦涩，年轻的杨枝奇却能把它利用得那样"远"，空灵而宁静，又那样的"近"，亲切而自然，实在是后生可畏啊！

原　草

　　一个个青春的蓬勃善良,
　　沐浴着骄阳的温馨和畅,
　　呼吸在碧玉山川的怀抱里;
　　生长在碧玉山川的怀抱里,
　　为大地增无限睿灵生命,
　　为自然添无尽和谐新音!

　　忽来个漫天的火辣空气,
　　拖着被煎炸的身体喘息,
　　像是在滚烫的油里拼命挣扎!
　　确是在滚烫的油里拼命挣扎,
　　可怜那四肢真渺如鱼虾,
　　直被深深埋到黑土底下!

　　这天野里充溢的满是惊悚,
　　咆哮愤怒着阵阵刺骨阴风,
　　谁愿来为他建一座安身碑墓?
　　谁敢来为他建一座安身碑墓?
　　诸鬼怪还在漫天肆意恶吼,
　　众仙神安怡情态坦然依旧!

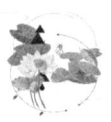

终于,又一片春光温馨和畅,
长出一个个青春的蓬勃善良:
在碧玉山川里呼吸,感受清碧;
在碧玉山川里生长,传播清气,
还为大地增无限的睿灵生命,
还为自然添无尽的和谐新音!

(2013.10.23)

---

① 萧骜评价:《原草》对比强烈、节奏跳跃的画面是酷烈阳光下沐浴温馨和畅,被"忽来个漫天的火辣空气"带进"这天野里充溢的满是惊悚",再到"春光温馨和畅"的"谁敢",我肯定不敢。

摸 鱼

(鱼,我所欲也!——《孟子》)
(子非我,安知我不知鱼之乐!——《庄子》)

你去摸鱼:在水里追求,
岁月卷青丝在风云里流——

有身影在白堤柳岸张口:
"水下有的,是鱼还是尸骸?"

"那深浅里,有鱼也有尸骸!"——
啊!旋涡吞噬了你的矫健身手!

忽然夜天里一剂电闪雷吼:
哦——你成龙①腾空九霄九——

(2013.10)

---

① 六枝当地人在对一个屡教不改的人表示无奈时常说"不管了,他成龙就上天,成蛇就钻草",寓意:变成龙上天,指一个人有出息,获得某方面的高成就;变成蛇钻草,指一个人没有出息,没有成就。

夜风轻吟

一曲清甜的旋律
正渐渐地走向我的屋檐
（我正于案前写诗）
该是她的音讯吧——
我想——这有深深的思念

一阵婉转的鼓点
正温柔地敲在我的门沿
（我正醉心于写诗）
该是她的脚步吧——
每天，梦里总有她的容颜

一句亲切的问候
正柔柔地绕在魂里心间
（意识一半在现实，
一半在诗中留恋）
你看，有倩影正走近跟前

一声忽来的凄冷
直狠狠地击打着憔悴的脸
回过神来,只见孤寂
这夜风真惹人恼——
真恼——长夜里只剩彻骨冬寒

起身卷起窗帘
远天里有难得的星星明闪
我正写诗于红笺:
你可知河汉?
起波澜,点点眨着相思眼!

(2013.10.27)

征 婚

我那天听见你征婚:
"我的个乖乖!你胆真大!"
晴天里忽袭来一堵乌云,
明亮里陡增了一片暗阴。

凄风肆意地刻划在地上,
有人问:"这事是不是真的?"
我一愣,迟疑着:"兴许——
兴许是与闺密玩笑觅欢欣!"

啊!网上有你帖子征婚!
"哦!你可知道?可知道:
那丘比特会出现何人?
那箭头装的是铅还是金?"

蓝天白云里自有念你的心呀!
可你这一来!唉,这一来:
可伤着了真正爱你的灵魂,
凄风肆意狠狠地刺在眼睛——

"我的个乖乖!你真有心!"
——那天看见你在征婚:
晴天里忽袭来无数乌云,
明亮里陡增了无数暗阴!

(2013.11.04)

寻 觅（两首）

其一 这风

草原上，这风闹得真凶，
——将衣角狠狠地撕扯，
把脸颊无情地刻弄！
不给任何脚步半点回旋，
不给任何身手一丝放松。
隆冬的生命颤抖在夜中！

风言："请别嫌我闹得凶，
看这地上，有残渣，有恶虫，
我要把这污秽呀，全扫空！"
树答："扫得清了，自然好！
可你曾见，这四下的悲吟，
你躯体里充盈着撕心的痛！"

弥天的雾雨，凄冷也重，
远处独见，一朵微微的红。
——思绪被无情地撕扯，
神魂被狠狠地抓弄！
我寻觅在这冰号的夜中：
啊！这风，这风闹得真凶——

其二　寻梅

那日，听说东山林院前侧，
种了许多梅，于是便去了：
红墙巍立，树枝挤满了寒冷，
寒冷下冰封着一块黑白塑料牌——

"哦！红梅！"可为何无笑靥？
我寻着一位除秽者问其原故，
答："先生，这隆冬您不该来，
今春已早去，此花来春自开！"——

"哦！多谢！"原来是春梅！
"可来春——来春几时会来？"
墙里面多的只是嘈嘈争闹，
这空气增了的只有悒悒喧喧——

这林苑的梅何时才真正开？
那巍立的墙，红的也真似血！
有魂灵在那边颤抖，啊——
这风吹得凄烈，这风吹得凄烈——

（2013.11.26）

自　语（两则）

其一

你看，我有子女几人，
我不怕三九的遍地凄寒！
看那一条条的冰凌，
吞吐着五色十光，
像玉龙，倒挂在屋檐。
看这屋里多么温暖，
那街冷，与我何干！
我不张皇，也不必张皇，
你看，这幸福的，多甜——

其二

你看，我有子女几人，
我不怕三九的遍地凄寒！
看那一条条的冰凌，
吞吐着五色十光，
像毒蛇，倒悬在屋檐。
看那屋里多么温暖，

这街冷,浸我心酸。
我不张皇,已无心张皇,
你看,我身旁有一木棺——

（2013.12.08）

寂 夜

明明有条剧毒的大蛇,
缓缓地挤过身后的棉褥,
恐惧的心随着寒风,
在空中微微颤抖,
倒是叫地不应,天也无助!

将身体悄悄前移,
被子里忽然站出个愤怒:
闪着银灰的利牙,
发着绿光的双目,
明明是蛇,却似猫,也似虎——

迅速向后蜷缩躲避,
也从枕边取过厚重的书,
狠狠地砸向它的头。
它也还口,这身手,
鲜血疯也似的朝外流注。

"啊！"巨痛里惊醒。
原来是梦，眼前一块黑幕。
风雨无情地打着门窗，
心还在空中高悬，这凄苦
虽是梦，竟也这般神志恍惚！

（2013.12.20）

寂夜有人无眠①

凄冷牢牢地锁稳屋窗，
孤寂吞没了白白月亮。
深深的夜里有人无眠，
寒风撕扯着般般惆怅，
街灯喘息着丝丝残光！

瞪圆的双眼早已爬到，
无边漆黑的天花板上。
脑袋里闪过一个灵光，
遥寄一声那梦中人儿：
今夜，今夜睡得可香？

（2014.02.19）

---

① 周天行元评价：寒冬月夜，冷清寂寥，月亮也苍白，寒风也惆怅，街灯是喘息着的。经过层层铺垫，凸显落寞之气氛，更反衬出浓浓的思念之情！

作 料

是谁总爱用长绳
深深地把自己缠绕
放到烈焰上煎烤
等到半生半熟之交
又被一点一点地撕掉
放在嘴里慢慢品嚼
看那眼里充满了高兴
浓烟嬉戏着欢笑
不时地还加点作料

（2014.03.24）

弯　月（七行诗）

那月，高傲地悬在夜空
　像一把寒冰的弯刀
闪闪地亮着尖锐无情的刀锋

斩不断的思念，离愁一重重
　啊，瞧这四周的蛙声
　　凌乱的竟也掺和
眉间心上，摆弄起凄凄的风

（2014.06.03）

月下波粼(七行诗)

池塘月明,安详而清静。
那层层微笑的点点天星,
是只只亲切深情的眼睛,
欣赏着月光的娉婷舞姿——

星空里寻不着你的身影。
那清风拨动的波光粼粼,
是陪伴心灵的天籁之音——

(2014.06.13)

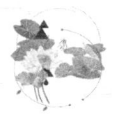

七夕的天空①

七夕的那片天空,
群鹊在银河桥聚。
牵牛织女已相会,
瑶池上金樽歌舞,
众星相庆着欣喜——

七夕的这片天空,
残月躲到了山里,
长风吹折了玉桂。
广寒只见相思味,
乾坤交掩了泪水——

(2014.08.02)

---

① 林夕儿评价:牛郎织女,故事美丽而凄凉。那片天空有喜悦、有哀愁。语言简练优美,对比表达得当,留白恰到好处,令人深思!

风到之处有我

犹记得在一起悠闲地散步,
伴着夕阳的画笔点红的河。
清风拉着衣裙在翩翩舞蹈;
宿鸟歇在枝头正轻轻唱歌。

垂柳的青丝牵着秀发嬉戏,
你眼睛里荡漾着柔柔的波。
月亮羞涩地走到了碧水里;
晚霞躲进了对岸的小山坡!

如今千里相隔,闲愁两地,
落木霜天里又见鸿雁飞过。
思念早与清风相融随你去:
你要留心,风到之处有我!

(2014.08.03)

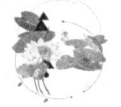

自由的云

那是一朵自由的白云
翩翩地在蓝天里潇洒
看那风姿,看那步法
如线谱上律动的音符
梵婀玲的快乐开了花

画师使其龙舞于彩中
书者使其凤飞于笔下
而它却在清风中消融
化作一朵飞翔的诗歌
正在山水间孕育萌芽

(2014.08.13)

老人的守望

苍老的烟袋真像爱人
和忠实的狗常伴身旁
生活的河流奔波着血汗
劳累的皮袄闪着泪光

一道道岁月,像刻刀
将沧桑深深刻进脸上
白胡须仍在尘风中坚强
在梦境和记忆里守望——

守望宁静祥和的故乡
可那烟袋抽出的缕缕青烟
却是寂寞的兄弟,邀孤独
早已将心魄牢牢捆绑——

(2014.08.11)

旅　途

有一位名叫人生的青春旅客
住进了长着绿翅的梦想飞舟
在岁月沧桑的怀里踏上征途
战胜过阴风怪浪、恶崖邪兽
体味了山川交响、喜怒哀愁
尝过世间的疾厄、七色苦酒
阅过万卷的兴衰、五蕴春秋
而暮天的霜雪却如妙笔画神
款袖挥毫处，描白了他的头
无常倒也是三界间的尽职者
紫气腾处，他化作乾坤星斗

（2014.08.25）

夕阳下的相守[1]

那轮缓缓西去的太阳,
是颗炽热火红的心脏。
落到苍茫无界的山边,
灿烂吞噬了白云蓝天。

两棵长满皱纹的老树,
好似相依百年的夫妻,
暮风中眼神相互致意,
怕连月老也难知其语——

灵魂同尝过辛辛苦苦;
血汗常淹没朝朝暮暮。
虔心若祈得佛祖保佑,
朝霞璀璨时还约相守!

(2014.08.26)

---

[1] 张松华评价:岁月如炽热火红的心脏跳跃,迎来送网日月轮回,两个相约相守的夫妻用眼神相互致意,感人肺腑,虔诚百年相守好时光,一个美丽的爱情故事从此每天传唱。本诗语言朴实、精炼,好诗。

王振龙评价:这篇博文写得很美,不仅文笔潇洒华丽,文字语言灿烂多彩,而且构思新颖奇特,内容富有哲理性,是一篇精妙美文。

思在中秋

玉宫的皎洁泻满了一地
光辉编织着人们的欢喜
团圆与歌唱已完美融汇
孔明灯乘心愿朝天飞去

那一轮皓月,真是完美
像极了画中玉女的脸蛋
清风来拂起了她的娇羞
像出水的睡莲使人迷醉

哦!那脸上有斑斑黑影
不是桂树,是泪的集痕
团圆夜见不着心爱的人
这夜皎洁里有她的思恨

(2014.09.08)

晚　枫[1]

落日碰上金秋，那枫
像与富贵人家的大喜
撞了个满怀的俏相逢
房前屋后，喇叭声里
热闹着一片片的火红

欢乐的歌，编着清风
天边的落日羞红了脸
醉在了暮色的深情中
有情侣还在湖滨流连
山外却飞来一串晚钟

（2014.09.13）

---

[1] 黄胜华评价：意境优美，抽象到位，联想丰富，才思敏锐。我个人感觉，诗友的语言在技巧上还具有很大的挖掘潜力……个人见解。

寻 莲

又来了,踏着乾坤的娇红。
今天这风,很轻,很轻松。
那片躺在山石间安静的湖,
安详得像一面光洁的青铜,
可是能否正衣冠,净面容?

蓝天,白云,桥边的碧柳,
挥舞着衣裙,招摇在镜中。
游鱼也欢快地挑逗着岸上,
花如笑靥的芙蓉。有芙蓉,
然而,为何不见莲花影踪?

怕有鲛人的泪在湖底消融,
化了,消失在火辣的天空。
踏着乾坤的这片娇红来了,
眼里吹进来一阵轻轻的风。
这风,确是很轻,很轻松?

(2015.05)

七行诗：生命之歌

（时间：炎夏；天气：干燥、火辣）

1. 序曲：命运

干燥的茫茫天野，山水
是在分别，确有
一颗颗虔心碰壁
直向着黑地下深深地坠

赤焰里无常高兴地飞
黑手里狠拿着丝丝新鬼
长天里该来场迅雨惊雷

2. 炼狱

天火习惯狂野地燃烧炙烈，
烧尽了雪莲般真情的亲切。

何处可寻那天马的翅膀？
绿丛里不见了歌乐欢畅。

火辣里，真叫人怎么生活？
风在脸上骄傲地滚来滚去，
呼呼地助长着这三昧真火。

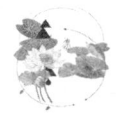

3. 苦痛

长天里拼搏的云受着恶邪,
含笑的烈焰吸噬着他的血。

干渴得像旧棉,他清醒的觉,
已被吞尽,忽又侵来针针火辣,
刺穿心脏,痛楚在天际晃摆。

瑶池畔,金樽玉酒势惊朝阙;
雷音里,梵唱声仍自顾切切。

4. 希望

只留下火炉中的痛单独熬煎。
生一地思念:那丝幽幽清甜,
只欢笑在天那边冰清的雪山。

看呀:天宫里有众神在欢乐;
来呀:人间不见了笑面弥勒!

去吧——丛林间滚烫的篱笆,
天堂里定能绽放生命的鲜花!

5. 奋争

那云,奋力地拍打着羽翼,
累坏了,欲寻一席安好永歇。
隐忍着,可那满天的戾气,
戾气呀!逼得他魂魄正散裂。

何处是南海?与其施与这无间劫,
　倒不如来把尖刀或是炮弹,
如此,如此方能来点激烈,痛快!

6. 涅槃

鲜活,死了一地,
　那站着的无辜,
正受阿鼻的劫,漫天缟素

垂死的躯体,僵尸一样臭
烧焦的骨头,干柴一样枯
纵它漫天里回荡着大悲咒
生命的音符也要跳得威武

7. 尾声：新生

青天里终于来了雷电喧闹
想必天庭里还有慈悲活着：祈祷
请将这方罪恶狠狠地打扫灌浇
要来阵轻风，清明的雨交相舞蹈

层层翠碧，林风舞着欢悦
阵阵歌乐，清甜溶在波潋

那时，花儿绽开小嘴在甜甜微笑

随 风

不知是一种什么魔功
激发出来的什么冲动
想要把这一颗灵魂
不——捎带着这躯骸
将他撕碎,撕碎在苍穹
像粉碎机粉碎的粉末
不——还要更碎
像核聚变发出的中子
不——像夸克,像光子
不——还要更小,更细
在天地间,随光,随风
随着自然雪白的风
伴着天上清雅的虹
看着这山,这水
这修竹,这青松
啊!那边是一片火红
不,是一片刺眼的血红
血红的是一片什么天空

(2015.09.01)

坟　地

这是一片黑色的土地
白色的墓碑，白色的石砌
那么他死了，死在
这黑白交接的缝隙里
像黑白撕碎的点点颗粒

像有恶魔在侃侃欢笑
像有冤魂在低低哀泣
那么他确是死了，躺在
这黑白交融的缝隙里
像黑白撕碎的颗颗微粒

哦！还有什么呢？只见
天上的神佛欢声笑语
地上的邪魔肆意横行
他身体里快活着虫蚁
像舞会，他们举杯欢聚

那么他融化了，消失了
还有什么呢？听见什么呢？

愿洁白的梅花开在坟头
伴着那绿草的幽幽清香
伴着那群鸟的喃喃细语

山风在他的头上舞蹈
流水在田园旁奏出音律
残阳竟将这凤愿染红
杜鹃在耳边直唤归去
在鲜血里挣扎：不如归去

归去？归去，归去来兮
有白色的身影在坟头屹立
宽袍大袖，鹤发长须
微笑！这片黑色的土地
白色的墓碑，白色的石砌

归去归去，归去来兮
那么他羽化了，升天了
他，升天了，羽化了
像粉碎的光子，微笑
白色的墓碑，黑色的土地

（2015.10.11）

落 叶

那一片片飘飞的落叶
是一只只受伤的蝴蝶
在半空里依依回旋
是对树枝无边的眷念
那阴风只顾着将他吹卷

这叶落了,又被卷起
卷起后被狠狠地扯、撕
后来,终于又落地了
可落地后,又被卷起
卷起后又被狠狠地扯、撕

裂了,又被高高地卷起
卷起后重重地砸碎在墙头
那阴风还在疯狂地吼
阴风还在疯狂地吼
长空里罩下一天黑云
四野里散落了一地骷髅

只剩那站立着的枯枝
像极了荒原上秃鹰的利爪
不见气色，不见血肉
更像是风干千年的骨架
挥舞着，这是他的天下

（2015.10.11）

生病的麦秧

我乘着这三月的风雨云游。
可是,这常来的东山岭上,
多了好大一片生病的麦秧。
不见画家笔下的郁郁葱葱,
不见圣人眼里的暮春盛况;
那渗透着点点血迹的躯体,
倒像是长着斑斑锈迹的钢!

我乘着这三月的风雨寻觅,
迎面正逢着一位挂着锄头,
咳喘着,步履艰难的老丈。
风雨正狠狠地撕扯着衣裳,
撕碎了他注视麦田的希望。
"老人家,这蓬勃的青春,
如今,如今为何这般景象?"

"小伙子,这麦田原本无恙。
一日,云间降临一位尊者,
说要施些化肥,给些营养。

可谁知，谁知他竟是地府，
穿着白衣索命的小鬼无常。
幻化成了仙界的慈悲模样，
叫我等山间小民如何提防？"

哦！原来是那索命的无常。
我乘着这三月的风雨思索，
我要问天，问天上的玉皇，
你可管得了那地下的阎王？
何以叫这些小鬼如此猖狂？
何以叫这和谐的东山岭上，
陡增这一片片惨痛的创伤？

我还要问，问那大雷音寺，
日日梵音袅袅，但你可知，
恶道里的邪魔是何等嚣张？
我乘着这三月的风雨去了，
耳畔忽然闪过一道金色光，
像有画家墨里的郁郁葱葱，
像有圣人眼里的暮春盛况！

（2016.03.25）

长着翅膀的太阳

像是有寰宇的一声轰响
天间生出个幸福的太阳
长着一双绿色的大翅膀
驾着风,在天地间飞翔
勤奋地满载着丝丝智光
那灯,将把这山河点亮
点亮你尘封已久的心房
点亮你魂灵思念的远方

(2016.10)

思　念

我有一个倔强的思念，
　　总在那寂静无人的夜晚，
化作一片随风的云朵，
　　飞到你那熟睡的窗前。

夜，是暗了，也黑了；
　　确是黑了，也是明了。
隐隐的你那安静的容颜，
　　恰是那瑶池中美丽的莲。

有识者说：莲的幸福，
　　是需要水的。水与莲，
今生的相遇便是应了，
　　前世结下的相依的良缘。

水因莲而生命多彩，
　　莲因水而形貌愈妍；
莲无水而生命不立，
　　水无莲而形貌愈单。

哦!我是水吗?"不是!"
　　这是有识者坚定的语言;
这有识者坚定的语言,
　　像极了穿透心脏的利剑。

哦!是了!我不是水,
　　我是那个无边的思念。
化作一片随风的云朵,
　　只生长在寂寞的夜晚。

在那寂寞无人的夜晚,
　　飞到你那熟睡的窗前。
静静地倚在窗台,倚着,
　　看着你那安静的容颜。

夜,是暗了,也黑了;
　　确是黑了,更是明了。
明了,天空烧红了脸,
　　地上沸腾着熊熊火焰。

这火焰将天地狠狠地烧。
　　狠狠地灼烧:这片稻田,

这片草木,这片花海。
　　通通焚烧,只留下金钱!

有识者说:看那天空,
　　万里无云,空荡无边。
啊!这颗思念的灵魂,
　　只得化作含泪的青烟!

就是那缕相思的青烟,
　　袅绕在你甜睡的屋檐。
静静地倚在窗台,倚着,
　　伴着你那安静的容颜。

静静地倚在窗台,倚着,
　　伴着那瑶池纯洁的莲。
只求天风不要将其吹散,
　　这是一个倔强的思念!

（2017.02.03）

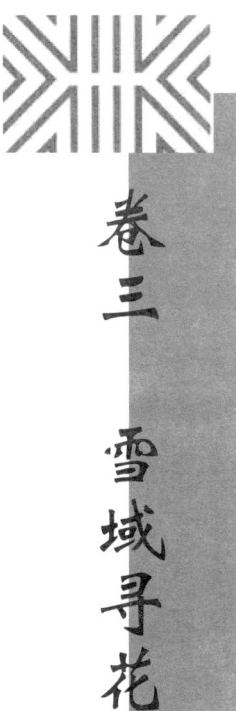

卷三 雪域寻花

奇说"作诗"[①]

这段时间又认识了许多关心诗歌的朋友,我们经常会聊一些关于诗歌创作的问题。在此之前,我也常与朋友们聊一些关于文学创作的问题,散文、小说、戏剧都有涉及,因为我对这些文体都有一定的感悟,而所聊内容也是天马行空。能有机会和朋友们分享我这几年作诗及其他创作的心得,这是我的荣幸。这里就将这几年作诗的一些感悟整理出来,分享给大家,或者说分享给那些刚接触诗歌并创作的作者吧。

我在2012年5月份的一个晚上和朋友在瑶湖校园[②]里散步,聊天时提到过这样一句话:"无论做什么,都得明确自己想干什么,自己要干什么,自己在干什么,自己该干什么!"当然,当时在说这句话时,很大程度上是在谈职业生涯规划的问题,或与作诗无关。现在想来,似乎与作诗不无关系,作诗或是职业生涯规划的一部分。换句话说,就是既然选择了作诗,那么得清楚自己为什么作

[①] 此文作于2014年9月,之后数次易稿于大可斋。
[②] "瑶湖校园"即江西师范大学瑶湖校区。

诗。是看到别人作诗，以为好玩，一时兴起自己也写写、玩玩，还是由衷地喜欢诗歌，想将其作好，并作出一定境界？

提到为什么作诗，让我想起了2011年青蓝文学社[①]的那次诗会。那是我自2007年学习作诗以来参加过的第一次诗会，故而记忆犹新。在诗会上，有部分同学就为什么作诗从经济学、金融学等领域阐述了自己的观点，有理有据。然而，这些同学的看法虽不失正确，却有失理智，有些跑偏，脱离了诗歌原有的一些本质，不太可取。而我以前常这样以为"作诗不是为了炫耀自己，也不是为了乞求心灵上的寄托，更不是为了发泄烦苦的忧闷，而是为了纪念，纪念自己那些曾经受过的喜怒哀乐及悲欢离合"。"记下自己的情感或其他的历程，甭管是喜，还是悲；是豪情壮志，还是离愁别绪……将其收好，辑成册。几十年或者几百年（假设那时生命还在）后，打开它，再去读读。我想它会勾起你喜悦的联想，或者唤醒你悲伤的记忆。然后你会拈着花白的胡须微笑着说：原来我的过去还有这般欢喜、悲伤。那时你便会感到精神和情感上的充实和欣慰，或者说幸福吧。"[②]这是对诗歌及其创作的一种心态，也是一种境界。

[①] 江西师范大学青蓝文学社，创始于20世纪50年代，是校内广大文学爱好者组成的校级文学艺术类社团。曾数次获得"全国优秀高校社团"称号。

[②] 参阅杨枝奇：《〈江雪诗稿〉（第一辑）序》，即本书序二。

说到纪念，摄影家喜欢用照片，画家喜欢用画作，音乐家喜欢用音乐……而诗歌作者则喜欢用诗歌，以诗歌来纪念"自己那些曾经受过的喜怒哀乐及悲欢离合"。然而要作好这样的纪念是不容易的，必须能作出好的诗歌，能作出"能言己志"的诗歌，即古人所谓的"诗言志"。"能言己志"的诗歌才是诗歌作者用来纪念"那些曾经受过的喜怒哀乐及悲欢离合"的好诗歌。

现在我们大多数人比较喜欢新诗，因为易读、易懂。2011年青蓝文学社的那次诗会里，也有同学发表过"要写新诗，不写旧诗"或"多写新诗，少写旧诗"等观点，这样的一些论调我是不赞同的。作诗，"'诗言志'，甭管是写旧诗，还是新诗，只要能写并且能完整地很好地表达出自己所想要表达的'志'就行"。① 所以你会看到《子摩诗稿》中既有旧诗，又有新诗。

"诗言志"，在《左传》《尚书》《庄子》等书籍里面都有记载，而《毛诗序》也说："诗者，志之所之也。在心为志，发言为诗，情动于中而形于言。"那么怎样才能"以诗言好志"呢？首先在于"诗"，如何"诗"？其次在于"志"，"志"在何方？

诗，在不同的文章里、不同的语境下有着不同的意

---

① 参阅杨枝奇：《〈江雪诗稿〉（第一辑）序》，即本书序二。

义。如《论语》云:"不学诗,无以言。"这里的诗,指的是《诗经》。《左传》里"诗以言志"之"诗",则重于指借用或引申《诗经》中的某些话来表达自己的"志"。所以要想把诗写好,首先得学习。需要学习一些诗歌作品和诗歌理论知识,无论是旧诗,还是新诗。"不学诗,无以言"也在一定程度上说明了学诗的重要性。《红楼梦》第四十八回有一段描写香菱学诗的情节,也体现了这一点。对于刚接触诗歌创作的作者而言,如果真想写却又无从下笔的话,建议先模仿,等到自己具备了一定的创作能力之后,再进行自主创作。就像学习书法、绘画一样,先临摹,再创作。亚里士多德的《诗学》中也提到过"模仿""再现",虽然是针对史诗和戏剧而言的,但是其逻辑思维是值得诗界新手(抑或是老手)借鉴的。

我这几年的诗歌创作生涯中,也看到了一些朋友在写旧诗。对此我很欣慰,因为中国传统诗词文化的传承和发扬又多了一份力量。"我们极为重要的,是重新发现中国传统诗歌的美。而继承传统的问题,在中国诗歌就显得特别突出、特别重要、特别迫切了。"[1]可是有些感慨,有些遗憾。因为我看这些朋友的诗作很大一部分不符合格律,不具备旧诗基本的

---

[1] 参阅《中国新诗格律问题》,季羡林主编。

美。有的作者认为，作诗讲究格律会束缚自己的思想、情感，影响自己的发挥，使自己的"志"得不到更好的表达。如果有这样的担心，那么说明已经基本弄清楚自己作诗的目的了。但是我有这样的建议，在写旧诗方面，如果自己写的是四句或八句的五言或七言旧诗，那么最好还是讲究一下格律，写成绝句或者律诗。词和曲就不用多说，自然是得符合格律的。提到格律，建议诗歌作者们多读一些权威的关于诗歌格律的书。另外，关于创作旧诗的押韵问题，在我的这个小圈子里也是有不同意见的。但是不管是《新韵》《平水韵》《佩文韵府》《中原音韵》《词林正韵》，还是其他一些偏门的韵，只要不乱用、混用、瞎用，能用对、用好就行，而我喜用新韵，也不乏使用旧韵之作。当然，这是针对一些具有一定诗作经历、经验的作者而言的，如果是新手得细心，别误入歧途。

作旧诗，除了要符合格律之外，还得讲究技法的应用，如比喻、象征、双关、夸张、化用、借代等等。上文述及"《左传》里'诗以言志'之'诗'，则重于指借用或引申《诗经》中的某些话来表达自己的'志'"，这里所说的"借用"和"引申"与后来我们常说的"化用"有相通之处。那么涉及化用，就不仅限于《诗经》了。比如曹操在《短歌行》里说"青青子衿，悠悠我心"和"呦呦鹿鸣，食野之苹。我有嘉宾，鼓瑟吹笙"，分

别出自《诗经·子衿》和《诗经·鹿鸣》；李易安"此情无计可消除，才下眉头，却上心头"句化用自范仲淹《御街行》"都来此事，眉间心上，无计相回避"；王实甫《西厢记》中"碧云天，黄花地"化用自范仲淹《苏幕遮》"碧云天，黄叶地"句；毛泽东《贺新郎·别友》中"挥手从兹去"由李白《送友人》"挥手自兹去，萧萧班马鸣"化用而来等。至于其他的比喻、夸张等手法的应用，各诗集中比比皆是，这里就不多举例子了。无论旧诗，还是新诗我也喜用比喻、象征、双关等技法。

　　作旧诗，需要讲究技法，作新诗也不例外。而新诗的创作与旧诗的最大不同就是新诗写起来比旧诗自由，但是自由归自由，不得随心所欲，毫无法度，不得任性、放荡无拘。"就内容方面说，美的艺术不能在想象的无拘无碍境界飘摇不定，因为这些心灵的旨趣决定了艺术的基础，尽管形式可以千变万化。"①

　　新诗的创作也需讲究技法、章法，就像武术讲究武术套路、招式，书法讲究笔法，篆刻讲究刀法，歌唱讲究发声方法一样。那些随随便便敲了个回车键，将一句话分为几行就美其名为诗的"诗"，不可称为诗；那些不带节奏或者节奏紊乱和没有韵脚的所谓的"诗"，也不可称为诗。倒是有许多的流行歌词越来越合辙了，歌

---

①. 参阅黑格尔：《美学》，朱光潜译。

词创作讲究合辙，与诗歌创作的押韵异曲同工，这一点是值得提倡的，恰恰诗歌对这一方面不讲究了，或者说不太讲究，这是不可取的。还有，很多时候那些被称为诗的诗，读起来其实就是些写得有道理或哲理的话罢了，像一些名人名言（当然，有些著名的诗句也经常被收入到一些关于"名人名言"的书籍中，另当别论），失去了诗歌该有的韵味，不可称为诗。这或许是现在新诗创作的一个弊端吧！每一位创作诗歌的作者均当反思。

关于新诗的创作，我倾向于新月派的主张，即首先新诗应具有"三美"，也即是"音乐美""绘画美""建筑美"。读到此处，有一定文学功底的朋友应该马上会联想到一个词叫作"新格律诗"，是的，"新格律诗"。闻一多先生的《诗的格律》①一文中有这样一段文字：

> 诗之所以能激发情感，完全在它的节奏；节奏便是格律。莎士比亚的诗剧里往往遇见情绪紧张到万分的时候，便用韵语来描写。歌德作《浮士德》也曾用同类的手段，在他致席勒的信里并且提到了这一层，韩昌黎"得窄韵则不复傍出，而因难见巧，愈险愈奇……"这样

---

① 参阅闻一多：《闻一多精选集》。下同。

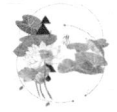

看来,恐怕越有魄力的作家,越是要戴着脚镣跳舞才跳得痛快,跳得好。只有不会跳舞的才怪脚镣碍事,只有不会做诗的才感觉到格律的束缚。对于不会作诗的,格律是表现的障碍物;对于一个作家,格律便成了表现的利器。

是的,能"戴着脚镣"跳出优美、高雅舞姿的舞蹈家,才算是真正伟大的舞蹈家。这里我所说的脚镣,指的就是一定的技能和章法了,于诗便是格律。可以说各行各派都有其"脚镣",戏曲里讲究"手眼声法步",相声里讲究"说学逗唱"等等。而可贵之处便在于各行各派都有些擅长"戴着脚镣跳出优美舞姿"的人。

由以上叙述观之,作诗,无论是旧诗还是新诗,能讲究一定格律那便是更好的了。那么问题来了,会不会有人又要产生这样的怀疑:"写新诗还要讲究格律,是不是太麻烦了!拘束!"写新诗讲究格律会麻烦,会拘束吗?不会!闻一多先生的《诗的格律》一文中提到律诗格律与新诗格律的不同,其叙述如下:

第一,律诗永远只有一个格律,但是新诗的格式是层出不穷的。

第二,律诗的格律与内容不发生关系,新诗的格式是根据内容的精神造成的。

第三,律诗的格式是别人替我们定的,新诗的格式可以由我们自己的意匠来随时构造。

这里我将文中提到的"律诗"理解为泛指旧格律诗（近体诗、词、曲及其他一些骈体文等等），而"格式"一词，则理解为"格律"，这一点从《诗的格律》的前后文综合来看是无不妥的。如此看来，担心写新诗讲究格律会显得麻烦、拘束便是杞人忧天了。关于"三美"，闻一多先生的《诗的格律》一文中有这样一段话："我们才觉悟了诗的实力不独包括音乐的美（音节），绘画的美（辞藻），并且还有建筑的美（节的匀称和句的均齐）。"然而作新诗光有"三美"是不够的，我再加一美"志美"，即"所言之志"的美，也即是作诗需有"四美"：音乐美、绘画美、建筑美、志美。

前"三美"是诗的形，也就是外表，像人的躯体；而"志美"则是诗的质，也就是内在，像人的灵魂。没有灵魂的躯体如同行尸走肉，而没有躯体的灵魂也迟早会魂飞魄散。如田汉先生所言："诗的内容以情感为生命！诗的形式与韵律相联属！[①]"而宗白华先生在《新诗略谈》一文中也曾把诗分为"形"与"质"两个方面。他认为"形"是诗中音节与词语的构造；"质"是诗人所要表达的思想和情绪。"三美"是作诗的技巧，没有真实的情，没有真实的"志"，是不可能写

---

① 参阅田汉：《诗人与劳动问题》。

出好诗歌的。所谓:"没有真切的人生体验参与进来的诗歌写作,都可能只是一场无根的词语拼凑之旅。"①

那么怎样才能做到"志美"呢?"志"在不同的文章里、不同的语境下也有不同的意义。闻一多先生就曾这样解释,"志"有三义:"一曰记忆,二曰记载,三曰怀抱。"②要使得"所言之志"美,其中一个手段就是新月派的那个主张:理性节制情感。而作诗讲究"三美"就是"理性节制情感",是防止情感泛滥的一种方式。所谓自律者自由,其所自律者除行为举止外,还有情感思想(即需要明辨好坏、善恶、美丑)。情感是需要节制的,如果不加节制,是好的情感还好,但如果是坏的情感,那影响可能就大了。读者读了自己的诗歌,对其生命或者人生有一定的帮助或者启发那便是最好的了;如果"读者读完自己的诗歌,就产生了不良的极端思想,这里刚读完,那里就寻短见总是不好的"。③

上文述及《毛诗序》里有这样的话:"诗者,志之所之也。在心为志,发言为诗,情动于中而形于言。""在心为志",故而欲使"所言之志"美,还得明心,明心便可见志。能明心者,其明心之所向,志之所向。明

---

① 参阅刘波:《论当下诗人的视野、认知与风范》,载于《当代诗人》第八卷。
② 参阅闻一多:《诗与歌》。
③ 参阅杨枝奇:《奇说"诗人的境界"》。

心之所向、志之所向进而发言，使其为诗。而所言又能达其意、通其情、明其志，且具有一定语言艺术者，便是"能言己志"的好诗歌了。"情动于中而形于言"，语言是诗歌的载体，而语言是不得不讲究其艺术性的。

这里提到了诗歌语言的艺术性，就不得不多说几句了。"诗，在所有的文学样式中，是最高级的一种文学样式。""它的语言精练而含蓄，有鲜明的可感性，又有超越日常生活语言的实在性，富于外在的节奏美或内在的律动感。"① 所以作诗时不得不讲究语言艺术，也即是上文述及的作诗需讲究一定的格律、一定的技法，需讲究"四美"。现在很多朋友喜欢把诗和远方相联系，然而在我看来诗与远方关系并不大，不读诗不作诗，难道心中就没有远方吗？读了诗作了诗，难道就能找到远方吗？如果非得把诗和远方联系上的话，那么我说只有那些明了心志而做出的诗歌，才能算得上是与远方有真正联系的诗歌了。要寻找远方，需知远方不在远方，去远方寻找远方，那远方始终是远方。真正的远方不在远方，而在心上。若要寻找远方，需先明白心在何方；也即是要寻远方，必先明心，明心可见性，见性即见志，见到志自然见到远方。

如此观之，上文提到的"志美"，便可进一步说成

---

① 参阅陈良运：《诗歌评论》，1989年。

是"心志美"了。所以我说"四美"皆具备,并且和谐统一、相生相长的诗歌,才算得上是真正意义上的好诗歌,才算得上是可以用来纪念自己人生中"那些曾经受过的喜怒哀乐及悲欢离合"的好诗歌,也才算得上是"能言己志"的好诗歌了。为了达到这样的要求,在这几年的创作过程中,我也亲身实践,做了一些自己的尝试。如《冬日太阳的婚礼》《我的小屋之前》《在雨中》《远近》《原草》《寻觅》等等。

  进而我说作诗是以优秀的语言艺术来纪念自己"那些曾经受过的喜怒哀乐及悲欢离合"的过程,也或进一步说是以优秀的语言艺术来"明己心""言己志"的过程。作诗,还在于修身养性,是修心的一种手段,可提升自己的思想境界、精神境界、人生境界。与此同时,希望能给读者带来一些心灵上的共鸣,对其人生有一定帮助,能助其"明其心,通其志",使其在"修心"之路或者说是"以诗修心"的路上,获得"三看人生"(即"看清、看开、看淡")的境界,减少心灵、思想、精神上的疾苦,远离人生中的惆怅与苦海;也希望能为"诗歌大江"的风韵、多姿、深邃、高雅,为中华民族的诗歌文化的传承和发展添砖加瓦,尽一份微薄之力。

杨枝奇
2014 年 9 月 15 日于瑶湖师大
2017 年 12 月 30 日易稿于大可斋

奇说"'诗评者'之诗评"①

这几天有些网络诗歌团体邀请我为他们的原创诗赛的诗歌做点评,我欣然答应了。这是对我作诗几年的一个极大的考验,因为我深知要做诗评并且做好诗评绝非一件易事,做诗评远远要比作诗难。要做好诗评,就得先读得懂诗。我有一位朋友周君曾这么说:"要想读懂杨老师的诗,没有一定程度的人生阅历、哲学思维、文学功底、禅学基础是不行的,我是读不懂了。"这是对我的抬举,我当时受宠若惊,惶惶而不知所言。然而若是没有一定的功夫,连诗歌都读不懂,何以谈诗评?读懂诗歌是做好诗评的基本要求。

诗人选择诗歌来"动天地,感鬼神"②,不是没有理由的,不是没有思想的,不是没有"本色"的。所以做诗评,除了要有较长的作诗经历和丰富的人生阅历和情感阅历之外,还需要一定程度的专业的美学、诗学素养,或许还需要很高的心理学功夫。

---

① 此文作于2014年11月,之后数次易稿于大可斋。
② 参阅钟嵘的《诗品》。

我曾在《〈江雪诗稿〉(第一辑)序》[1]里提到过这样一段话:

人这一生,总不能全是坎坷的、愁苦的,也总不能全是顺心的、欢欣的。愁苦时往往郁郁寡欢,一蹶不振;欢欣时往往喜形于色、神采奕奕。所以在关心艺术并涉及艺术创作的,如诗人、画家、作曲家等人的一生中,其作品的风格和情感是可以随时间的更迭而改变的。尤其是作诗,我们常说"触景生情""情景交融"等,诗人的诗作所表现出来的情感或风格是会因其在不同时段所见之景、所思之情、所怀之志而异的。很多时候,即使是同一个景致,对不同个性、不同际遇的诗人而言也可能会有不同的情感、不同的作品产生,不可一语而概之。

这算是我读诗、作诗几年来的一点心得吧!然而就是因为有了这些心得,才使我感觉到做诗评是一件很难、很艰巨的事。

诗人作诗,常常会因其性格气质、生活际遇和人生品味的不同而各具"本色"。古之大李杜有不同,小李杜也有不同;苏辛有不同,高岑也有不同;王孟有不同,韩柳也有不同;柳永不同于秦观,周邦彦不同于晏几道,李清照不同于温庭筠。今之闻一多不同于徐志摩,顾城不同于舒婷,陈

---

[1] 参阅杨枝奇:《〈江雪诗稿〉(第一辑)序》,即本书序二。

梦家不同于刘半农。这许多不同的"本色",对诗歌界诗评者境界的要求提高了很多。

诗人诗人,人作诗,诗蕴人。"泱泱中华(乃至全世界)滚滚滔滔、浩浩荡荡的诗歌大江中,常盛开着无数雪花般皎洁晶莹的浪花,即江中之雪。诗歌无论是记事抒情还是说理咏史,无论是失落悲伤还是励志壮景,都是该大江中一朵不可磨灭的浪花。""如果将中国(乃至全世界)自古以来的所有诗歌作者也比作一条大江的话,那么每一个诗歌作者也便是这大江中一朵不可磨灭的浪花了。"① 俗话说"天下没有两片完全相同的树叶",诚然,在这条"诗歌大江"中,每一朵浪花都各有异同,各具"本色"。诗歌是一门语言的艺术,每一首诗都有其异质之处,其艺术也有其自主性,"没有异质要求的艺术就不能获得自主性"② "诗歌批评就是对诗人的诗歌做出理解和判断。"③ 诗评者要想道明每一朵浪花中的"万千经卷",就需要在做诗评时不仅要理清楚不同诗人"本色"的异同,而且要理清楚同一诗人在不同时段、不同景致、不同情感下所作诗歌的异同。

如果一个作者,其不只作诗,所作还涉及其他文

---

① 参阅杨枝奇:《〈江雪诗稿〉(第一辑)序》,即本书序二。
② 参阅阿尔多诺:《艺术与社会》。
③ 参阅雷武铃:《当代诗歌批评之批评》,载于《新诗评论》第十七集。

体。那么诗评者还需要多读该作者的其他作品,从其他作品中或许能获得很多有用的、能帮助做诗评的信息或资料,如作者的情感变化,创作思想、理念,艺术主张等等。有些诗评者仅凭着自己习惯的一个基本的审美尺度来评价诗歌,不太尊重诗人各自的"本色",这一点是值得诗歌界或诗歌评论界反思的。只有将诗人的"诗"与"人"完美结合,并应用合理的美学、诗学理论就其"本色"做出客观赏析、评价的诗评者,才算是"当行"的诗评者。也就是说,诗评者在做诗评的过程中,需着"金刚眼睛",尊重诗人的"本色",尊重诗人的"心志"。这样的尊重无关乎"武林正宗"或"旁门小法"。①

当然,我这说的只是诗评者,不是诗评家。在诗歌界对诗评家的作诗经历、经验和人生阅历、情感阅历,美学、诗学素养以及心理学功夫、人生品位的要求还要更高才好。

杨枝奇
2014年11月20日于瑶湖师大
2017年12月15日易稿于大可斋

---

① 参阅严羽《沧浪诗话》:"看诗需着金刚眼睛。"陶明濬《诗说杂记》:"旁门小法,虽非诗之正轨,然作者直抒胸臆,自立面目,亦正有所不得已。""李杜取其大,吾取其细;李杜所能者远,吾所能者近。李杜为万古正宗,吾为旁门小法,各有所长,各不相犯。……个人有个人精力独到之处,果谁为正宗,谁为旁门小法乎?"

奇说"诗歌的境界"[1]

自2014年10月,被邀请为一些网络诗歌团体的原创比赛诗歌做一些点评开始,我就和其他一些点评者聊到了这个话题——"诗歌的境界"。记得聊天时,聊得最多的就是一首诗应不应该获奖,什么样的诗歌应该给奖。如此,便不免聊到了什么是好诗歌,什么样的诗歌境界才高。虽然说"只要是诗人真正地'本于心',将自己的本意本情流露于笔端者都是诗"[2],然而诗歌品质的高低还是有待商榷的。就像大家都能说话,然而不一定都会说话;大家都能唱歌,但是不一定都会唱歌。

什么是好诗歌呢?我在《奇说"作诗"》一文中这样提到:"'四美'皆具备,并且和谐统一、相生相长的诗歌,才算得上是真正意义上的好诗歌,才算得上是可以用来纪念自己人生中'那些曾经受过的喜怒哀乐及悲欢离合'的好诗歌,也才算得上是'能言

---

[1] 此文作于2015年4月,之后数次易稿于大可斋。
[2] 参阅陈良运:《诗歌评论》,1989年。

己志'的好诗歌。""四美"即"音乐美、绘画美、建筑美、心志美"。① 一些具备了前三美,而将离愁别绪、悲欢离合表现得淋漓尽致的诗歌,只能算得上是一首好诗歌,算不得境界高的好诗歌。即便是同一作者,其在同一时段或不同时段,因境遇的不同所作诗歌体现出来的境界也不尽相同。如王维的《过香积寺》与《相思》,苏东坡的《定风波·莫听穿林打叶声》与《江城子·密州出猎》,白居易的《读禅经》与《琵琶行》,等等。虽然都是好诗歌,但是其体现出来的思想境界、精神境界、人生境界是有高下之分的,不可一语论之。

那么什么样的诗歌才算是境界高的诗歌呢?诗歌,"情动于中而形于言"。语言是诗歌的载体。诗歌是一门语言的艺术,"是歌唱生活的最高的语言艺术"。② 既是艺术,其境界的高下、雅俗,我是赞同丰子恺先生的观点的。③ 作者的创作主张甭管是接近于儒家、道家,还是佛家,诗歌境界的高下、雅俗当体现在思想、精神和人生品位上。

然而境界高的诗歌是好诗歌吗?我看未必!比如某些偈子,其体现出来的境界虽然很高,但是严格意义上讲它算不得好诗歌。因为它脱离了诗歌创作的

---

① 参阅杨枝奇:《奇说"作诗"》。
② 参阅陈良运:《诗歌评论》,1989年。
③ 参阅丰子恺:《我与弘一法师》。

一些语言艺术特点和语言艺术要求。所以好诗歌所体现出来的境界未必高，境界高的诗歌未必是好诗歌。

什么样的诗歌才能算得上是境界高的好诗歌呢？我在2月28日看到了诗人黄荞先生的这样一段话，其云："写诗你在哪个层次？一、韵脚，二、平仄，三、意境，四、语言推敲（炼字炼意），五、境界（禅趣、味道、哲理）。"黄先生将作诗的过程分为五个层次，这五个层次或许也是一个诗歌作者从初习诗歌创作开始该经历的一个过程吧，值得每一位关心诗歌文化传承及发展的诗歌爱好者慎思。虽然如此，这五个点或可作为一首诗歌是不是境界高的好诗歌的一个判断标准。也或者说韵律规范、意境合理、用语精炼和境界高（境界可包含思想境界、精神境界、人生境界等方面），一首诗歌若是具备了这几个特征，那么可以称得上是境界高的好诗歌了。按我的说法就是，具有"音乐美、绘画美、建筑美"以及"心志美"中"心志之美"趋近于高境界（境界可包含思想境界、精神境界、人生境界等方面）几个特征的诗歌，才称得上是境界高的好诗歌。"使"心志之美"趋近于高境界（境界可包含思想境界、精神境界、人生境界等方面）的一个方法就是习禅，因为"诗与禅都重视内心体验，重视启示和象征，都追求言外之旨、象外之意"。关于此，我

在2013年就开始有这样的思考了,也做了一些实践和尝试,如《游三清山有记》《游阳宝山寺》等等。然而平仄格律只对旧格律诗有严格要求,对新诗的影响并不大,所以要真正欣赏一首诗歌,评价一首诗歌的境界高低、雅俗,首先必须得分清是旧诗还是新诗,是格律诗还是非格律诗。

  进而我将好诗歌大致分为两类,即境界高的好诗歌与非境界高的好诗歌。境界高的好诗歌与非境界高的好诗歌的区别在于"心志","心志"的美丑之分,善恶之别,雅俗之辨。能写出境界高的好诗歌往往是建立在能写出好诗歌的基础之上的。境界高的好诗歌包含于好诗歌,是好诗歌的真子集。

杨枝奇
2015年4月20日于瑶湖师大
2017年12月20日易稿于大可斋

奇说"诗人的境界"[1]

自从去年做了一篇叫作《奇说"诗歌的境界"》的文章之后，便想着要再做一篇关于诗人境界的文章来，于是便有了这个标题："奇说诗人的境界"。这是一个很难以捉摸的话题，众说纷纭。诗人的境界应该是什么样子的呢？我与朋友也经常聊及这个问题。朋友说：倒不如直接说"诗人的素质，或者说素养"。是的，不是不可以，然而我更喜欢把这样的素质（或者说素养）称为境界。

我在《奇说"作诗"》一文中有这样一段叙述："'四美'皆具备，并且和谐统一、相生相长的诗歌，才算得上是真正意义上的好诗歌，才算得上是可以用来纪念自己人生中'那些曾经受过的喜怒哀乐及悲欢离合'的好诗歌，也才算得上是'能言己志'的好诗歌。"[2] 要作出"四美"皆具的诗歌，对作者的境界是有一定

---

[1] 此文作于2016年7月，之后数次易稿于大可斋。
[2] 参阅杨枝奇：《奇说"作诗"》。

要求的。

"艺术来源于生活而高于生活",这或许是大家听得最多的关于艺术的话了。诗歌作为一门"歌唱生活的最高的语言艺术"①,也是如此。"没有真切的人生体验参与进来的诗歌写作,都可能只是一场无根的词语拼凑之旅。"②所以作为诗人,是要去融入生活、感受生活的,在生活的大江里积极探索、研究,去寻觅、体验一个时代生命进程中的真善美。如此方能感知一个时代的精神风貌、思想面貌,或曰高雅,或曰低俗;或曰善良,或曰邪恶等。进而其诗歌才能对一个时代的"社会现实生活以及个人生命与人生的体验","做出最敏锐、最生动、最富于美感的感应与体现"③,才能具有"四美"。

融入生活、感受生活的过程,是需要有良好的心理素质和意志力的。没有这样的功夫,生活这条大江里的旋涡便会轻而易举地"吞噬了你的矫健身手",你很快便会成为生活这条大江的猎物、牺牲品,成为"那深浅里"的"尸骸"。④

对于诗人而言,其融入生活、感受生活,在生活这

---

① 参阅陈良运:《诗歌评论》,1989年。
② 参阅刘波:《论当下诗人的视野、认知与风范》,载于《当代诗人》第八卷。
③ 参阅陈良运:《诗歌评论》,1989年。
④ 参阅杨枝奇:《摸鱼》。

条大江里追求的过程中，其具备的良好的心理素质和意志力可以来自于诗人具有的静下心来思考宇宙[①]、分析宇宙的能力。著名诗人、学者朵渔曾这样说："如果他是一个诗人，他知道想象力和创造力是自己的标志。"德国的海德格尔也有类似的观点，他说："一切冥想的思都是诗，一切创作的诗都是思。思与诗是邻居。思想的诗人和诗意的思者本身意味着诗与思在不同中相互包容、达到同一。"[②]足见对宇宙的思考和分析对作诗的重要性。可以说只有思考和分析才能具有优质高深的想象力和创造力，才能作出"明己心""言己志"的好诗歌来。

　　诗人想要作出"明己心""言己志"的诗歌，"要表现的应是自己的精神现实，是对物质现实的超越"[③]。所以诗人对宇宙的思考和分析应该是理智的、多角度的、深层次的。那些停留在表面的粗鄙而又邪恶的思考和分析不足为诗人道也。那些停留在表面的粗鄙而又邪恶的思考和分析所作出来的诗歌，基本上没有多高的艺术品位，只是简单地体现了源于生活而已，并没有高于生活。而这样的诗歌往往会给人、给

[①] 宇宙，这里我所说的宇宙取其广义，即万物，时间和空间的统一。众生生于时间空间之内，诸相亦生于时间空间之内，这里也用"宇宙"代指一切众生，一切法相。

[②] 参阅海德格尔：《诗·语言·思》，彭富春译。

[③] 参阅陈良运：《诗歌评论家对话：纵横诗坛》。

宇宙造成某些不良的影响,导致某些不良的后果。诗人对宇宙的思考和分析的理智、多角度和深层次,应该围绕着追求诗歌的最高境界展开,那才是最好的,值得提倡的。如此作出来的诗歌才会给生活在这条大江中不同年龄、不同处境的生命有一定程度的帮助,对其人生有一定程度的启发。① 否则读者读了自己的诗歌产生了不良的极端思想,这里刚读完,那里就寻短见,总是不好的。而自己也搞得整天怨天尤人,负面思想满偏②,堪比愤青,实不可取。

这里说的读了不使人产生不良的极端思想的诗歌指的并不是一个作者单一的某一首诗歌,而是作者的所有的诗歌。因为"人这一生,总不能全是坎坷的、愁苦的,也总不能全是顺心的、欢欣的。愁苦时往往郁郁寡欢,一蹶不振;欢欣时往往喜形于色,神采奕奕""尤其是作诗,我们常说'触景生情''情景交融'等等","诗人的诗作所表现出来的情感或风格(后面我把这种'情感或风格'也称为境界)是会因其在不同时段所见之景、所思之情、所怀之志不同而不同的"。③ 所以一本集子中的诗歌,可能会出现一些愁苦、郁郁的作

---

① 参阅杨枝奇:《〈子摩诗稿〉自序》。
② 满偏是物理学用语,如满偏电流。满偏电流指仪表允许通过的最大电流,超过该电流仪表将烧毁,这里说"负面思想满偏"是指负面思想已经达到最大值,将造成不良后果。
③ 参阅杨枝奇:《〈江雪诗稿〉(第一辑)序》,即本书序二。

品。然而一个有良心的高境界的诗人,他的诗集总体上体现出来的思想、精神应该是高雅的、善良的、慈悲的,也就是说是具有高境界的。

诗人只对宇宙有了理智、多角度和深层次的思考和分析是不够的,还需要有静下心来虚心学习的心态。所谓"学而不思则罔,思而不学则殆",而"不学诗,无以言",也说明了这一点。

学习,学的是什么呢?当今网络发达,读了一些网络上相关的文章就是学习了吗?显然不是。若读了网络上相关的文章之后就自以为学富五车、满腹经纶了,此类者,实在不敢苟同。通过网络阅读一些相应的文章不是不可以,但是不能作为学习、提升、修心的主要方式和途径。只是一味地电子阅读,便会失去读书原有的乐趣和韵味。时间久了会给人造成不良影响,不仅身体素质大不如前,而且心理也可能产生某种懈怠感和消极情绪,久而久之,便有可能产生恶劣结果。学习,就该回归书本,对着书本进行认认真真的"三到"阅读,或者使用其他一些自己习惯的良好的阅读方式。

学习,需要回到书本,而对书本内容的选择也应该有所讲究。"如果他是一个诗人,他知道要读什么书。"朵渔先生如此说。作为诗歌爱好者(或者其他人),且不论诗人了,读书,建议选择一些精神品位、思想品

位较高的散发着智者光芒的书籍,如哲学类书籍。关于此,夏吟先生《以纸上铁轨承载时间之爱——论阿毛诗歌戏剧手法的综合效果》[①]一文有如下一段叙述,值得大家借鉴、思考、学习。其文如下:

一个学过哲学的诗人,哲学会为她带来开阔高远的视野,学哲学给她带来的是思考现实的深度和观察生活的多角度,哲学高度的思辨性可以作为她文化底蕴的一个重要而深厚的方面。关键是如何进行感悟与理智的融通,如何将本体的生命追问诗意的感性表达转化。学哲学反而会提示诗人不能在诗歌中"凌空高蹈"和"抽象说教",阿毛自己说:"学哲学的经历对我不过是反向的规劝与提醒——那就是我不善于理性与哲学,而善于感性与诗歌。"学哲学提示阿毛在诗歌中的哲理或者玄思的表达,不能以"格言警句"的枯干形式道出,必须有生动的感性表达形式,道出"思"是一种有难度的书写,是一种更需要想象力和技术的书写。

看来学习哲学是有利于提升诗人对生命、对生活、对宇宙的多角度、深层次的思考和分析能力的,并且可以提升诗人的精神、思想及人生境界,进而提升其诗歌的思想、精神和人生境界。

---

① 参阅夏吟:《以纸上铁轨承载时间之爱——论阿毛诗歌戏剧手法的综合效果》,《当代诗人》第八卷。

述及学习,除了学习哲学知识以外,还要学习一些其他的知识,如绘画、书法、音乐等。一切有助于诗歌文化的传承与发展的知识,都应该值得诗人虚心地去学习、去探索、去研究。然而不管是学习哲学还是其他,其围绕的中心应当是"习德",古人之所谓"太上立德,其次立言"者。而当今诗人黄莽也说:"若不修德,何以为诗!争名逐利,自甘堕落,又岂是诗者!诗人,苦行僧也!"① 既曰苦行,就得有苦行之样,刚毅之怀;既曰为僧,就得有僧人之范,修行之心。苦行路上,宁静以致远,淡泊以明志;勤学以求精进,修心以敬生平。

上文所述及的"思考、分析"和"习德"观念也有助于诗人习惯并尊重寂寞和孤独,寂寞和孤独是诗人的某个伴侣,诗人需耐得住寂寞、忍得住孤独。因为"艺术品都是源于无穷的寂寞"②,"诗人和诗必须心甘情愿地待在边缘,这是必须的,你如果是主流,你就不是诗"③。朵渔先生也曾说:"如果他是诗人,他明白一个诗人的力量来自清晰的思想,而思想的本质是孤独。"诗人对寂寞和孤独的习惯和尊重,一定程度上就是对艺术的习惯和尊重,也是诗人"习德"获得的境

---

① 参阅黄莽:《诗人是贵族》。
② 参阅里克尔:《给一个青年诗人的十封信》,冯至译。
③ 参阅王小妮:《今天的诗意》。

界,也或者说是一个诗人"明己心""言己志"及人生境界提升的一种体现。

以上所述,都是我认为的诗人要创作出具有的最基本的"四美"特征的好诗歌需要达到的基本的精神境界、思想境界和人生境界。有了这样的一些基本境界,便可以使人生进一步提升到我常和朋友们聊及的"三看人生"境界。"三看人生"是我某次和陈君聊天无意聊到的人生修心的基本境界,即"看清、看开、看淡"。当时以为然,细思之,亦颇觉有韵。"三看人生"境界是通往人生最高境界路途中的一个站点,也是诗人通往诗歌最高境界路途中的一个站点。

"诗人诗人,人作诗,诗蕴人。"[①]诗人的境界往往与其追求的诗歌艺术的境界相辅相成、相生相长;其境界主要取决于其追求的诗歌的境界。我曾将好诗歌分为"境界高的好诗歌"和"非境界高的好诗歌"。境界高的好诗歌即是具备"韵律规范、意境合理、用语精练和境界高(境界可包含思想境界、精神境界、人生境界等方面)"几个特点的诗歌,或者说"具有'音乐美、绘画美、建筑美'以及'心志美'中'心志之美'趋近于高境界(境界可包含思想境界、精神境界、人生境界等方面)"几个特点的诗歌。所以我说诗人的

---

① 参阅杨枝奇:《奇说"'诗评者'之诗评"》。

最高境界与其追求的诗歌的最高境界是相一致的,即便是诗人或是其诗歌还没有达到这样的高境界,诗人也应该有一种想着使自己的精神、思想、人生和诗歌达到如此的高境界的基本想法。需要时时提醒自己要时时探索、研究,思考、分析,时刻走在"习德"于"以诗修心"的路上。

杨枝奇

2016 年 7 月 15 日于大可斋

2017 年 12 月 27 日易稿于大可斋

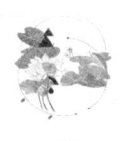

奇说"新月派诗歌的'外建筑'"①

记得我去年在为《青蓝苑》②"诗絮飞扬"板块的诗歌做编排时,与其他编者产生过不同意见。从那以后,我便意识到要做一些类似的文字了,于是便想到了"建筑美"这个词。

我首次接触"建筑美"这个词是在高中,那时赵老师正讲授闻一多先生的《死水》一文,也是在那时我开始喜欢上了新月派诗歌。"建筑美"是闻一多先生提到的诗歌应具有的"三美"之一,也是新月派诗歌的特征之一。他说:"诗的实力不独包含音乐的美(音节),绘画的美(辞藻),并且还有建筑的美(节的匀称和句的均齐)。"③这里只提到"建筑美"指的是"节的匀称和句的均齐",其他并没有详述。然而在我看来,新月派诗歌的建筑美主要可以体现在两个

---

① 此文作于2014年12月,之后数次易稿于大可斋。本文所引用的诗歌,若没有做特殊说明,则均可参阅《新月派诗选》。

② 《青蓝苑》是江西师大青蓝文学社社刊,是江西师大校级刊物,指导老师为詹冬华。

③ 参阅闻一多:《诗的格律》。

方面,即内建筑和外建筑。内建筑指的是诗人在作诗时对诗歌内部行文结构的安排,或是总分,或是分总,抑或是总分总,等等。亦或者说是诗人在以诗言己志过程中,通过什么样的逻辑结构来在自己的作品中表达"志"的变化和进程。外建筑指的是诗人在作诗时为了使自己的志得到更好的表达,对每节语言文字的编排和处理,是诗人别具匠心的一种体现。如一首诗包含多少节,每一节包含多少句,每一句包含多少字,等等。

作诗应该如何起承转合,应该如何把握"志"的脉络,这是每一位"当行"的诗人应该重视的。这样的内建筑是每一篇文章都应该具有的特征,何况是诗歌这一高级的文学样式呢!所以关于内建筑这里就不多说了,说一说外建筑。

关于建筑,梁思成先生说:"建筑就是人类盖的房子,为了解决他们生活上'住'的问题。"[1]诗人在作诗时对诗歌每一节语言的编排和处理就是在做建筑,就是在盖房子。这房子里生活的是谁?就是"诗人之志"这个人。每一个人都有自己适合的建筑样式,而诗人就成了建筑师,需要为"诗人之志"这个人解决"住"的问题,需要为"诗人之志"量体裁衣。需要什么样

---

[1] 参阅梁思成:《建筑是什么》。

的"钢筋混泥土",需要什么样的"门窗""玻璃",需要什么样的"装修",诗人都必须考虑在内。

在作诗的过程中,诗人对外建筑处理得好,能第一时间给读者一种美的感受。就像我们在生活中观看、欣赏一幢建筑一样,它是四四方方的棱角分明,还是由曲线构成的圆润多姿?是罗马柱构成的西式风格,还是砖石木质的中式神韵?是紫禁城一样的金碧辉煌,还是白鹿洞书院一样的古朴典雅?等等。在欣赏完诗歌的外建筑之后,再进入房子的内部,去欣赏诗人这位建筑师的"志",去欣赏诗人这位建筑师是如何将"诗人之志"这个人安住进去,并生活得很好的。也或者说,欣赏完诗歌的外建筑之后,进而走进诗歌这幢建筑去欣赏诗歌的内建筑。

在我这些年习诗的过程中,对新月派的"建筑美"有了更进一步的了解与感悟,其"建筑"之繁杂使人眼花缭乱,目不暇接。然而有一类建筑格外引人上心,我把这一类建筑称作"字建筑"。"字建筑"指的是诗人在作诗时,他在诗歌"节的匀称、句的均齐"上的处理,使其像一个字;也或者简单地说是诗人对诗歌节、句、字的编排和处理,使其外形看起来像一个字。比如像"口"字的"口字建筑",像"工"字的"工字建筑"等。

先来看看"口字建筑"。"口字建筑"可分为"正口字建筑"和"变口字建筑"。"正口字建筑"指的是具有每节句数一样，每句字数一样，又不受标点符号影响的，编排出来具有四四方方、整整齐齐特点的外形如"口"字的一类诗歌。如大家耳熟能详的闻一多先生的《死水》，其总共五节，每节四句，每句九字。除《死水》外，还有许多一样具有"正口字建筑"的诗歌。如闻一多先生的《爱国的心》，饶孟侃先生的《惆怅》，邵洵美先生的《莎茀》《五月》，刘梦苇先生的《铁路行》等等。

"变口字建筑"与"正口字建筑"不同之处就在于诗歌每句的字数可能会不同，相差一两个字；也可能字数相同，但是会受到标点符号的影响，使其外形看起来不那么像"口"字，或者说看起来大致像一个"口"字。如朱湘先生的《热情》一诗，其第一节如下：

> 忽然卷起了热情的风飙，
> 鞭挞着心海的波浪，鲸鲲；
> 如电的眼光直射进玄古；
> 更有雷霆作嗓，叫入无垠。

本节诗歌虽然每句字数相等，但是受到了标点符号的影响，其外形看起来不那么像"口"字，故而我谓之"变口字建筑"。像这样的"变口字建筑"，在本诗中还存在于第二节、第四节、第五节、第六节。其他节呢？

其他节都是"正口字建筑",如第三节如下:

> 这无爱的地球罪已深重,
> 除去毁灭之外没有良方。
> 我们把它一脚踢碎之后,
> 展开双翼在大气内翱翔。

在新月派的诗歌中"变口字建筑"很常见。比如:闻一多先生的《也许》《鸟语》《答辩》《夜歌》[①];徐志摩先生的《人变兽》《雪梅争春》[②];林徽因先生的《情愿》;陈梦家先生的《燕子》《寄万里洞的亲人》;刘梦苇先生的《万胜园底春》等。在一首诗歌中,节与节之间常常将"正口字建筑"和"变口字建筑"交替使用。

其次来看看"工字建筑"。"工字建筑"可分为"正工字建筑"和"变工字建筑"。不论是"正工字建筑"还是"变工字建筑",都不受标点符号的影响,只与字数有关。"正工字建筑"的诗歌,其每节有定句,而每句却不定字数。并且通常表现为每节的第一句和最后一句字数较多且相当,而中间各句字数较少且相当,排版出来,总体上看起来像一个工工整整的"工"

---

① 《也许》《鸟语》《答辩》《夜歌》,参阅《闻一多精选集》。
② 《人变兽》《雪梅争春》,参阅《徐志摩诗》。

字。如徐志摩先生的《为要寻一颗明星》,其第一节如下:

> 我骑着一匹拐腿的瞎马,
> 向着黑夜里加鞭;——
> 向着黑夜里加鞭,
> 我跨着一匹拐腿的瞎马!

本诗共四节,每节的排版都是这样的"工字建筑"。再如闻一多先生的《忘掉她》,其第一节如下:

> 忘掉她,像一朵忘掉的花,——
> 那朝霞在花瓣上,
> 那花心的一缕香——
> 忘掉她,像一朵忘掉的花!

《忘掉她》一诗总共七节,而每节也是这样的"正工字建筑"。像这样具有"正工字建筑"的诗歌在徐志摩先生的诗歌里尤其常见,如《我来扬子江边买一把莲蓬》《为谁》《客中》《再不见雷锋》⑦等等。

"变工字建筑"不能类比"变口字建筑"。"变工字建筑"也可以说成是"多工字建筑",也就是说对一首诗歌(只有一节)或者是一首诗歌每一节的排版,其外形看起来可分为多个"工"字,如朱湘先生的《泛

---

⑦ 《为谁》《客中》《再不见雷锋》,参阅《徐志摩诗》。

海》,其第一节如下:

> 我要乘船舶高航
> 在这汪洋——
> 　看浪花丛簇
> 　似白鸥升没。
> 　看波澜似龙脊低昂;
> 　还有蓝鲸凤雏
> 戏洪涛跳掷癫狂。

像这样的"变工字建筑"也可以称作"王字建筑",超过两个"工"字的,也可以被称作"变王字建筑"。如徐志摩先生的《半夜深巷琵琶》,其全诗如下:

> 又被它从睡梦中惊醒,深夜里的琵琶!
> 　　是谁的悲思,
> 　　是谁的手指,
> 像一阵凄风,像一阵惨雨,像一阵落花,
> 　　在这夜深深时,
> 　　在这睡昏昏时,
> 挑动着紧促的弦索,乱弹着宫商角徵,
> 　　和着这深夜,荒街,
> 　　柳梢头有残月挂,
> 啊,半轮的残月,像是破碎的希望他,他
> 　　头戴一顶开花帽,

> 身上带着铁链条,
> 在光阴的道上疯了似的跳,疯了似的笑,
> 完了,他说,吹糊你的灯,
> 她在坟墓的那一边等,
> 等你去亲吻,等你去亲吻,等你去亲吻!

另外还有朱湘先生的《采莲曲》,徐志摩先生的《新催妆曲》①也是这一类"变工字建筑"。另一类"变工字建筑"形如徐志摩先生的《偶然》,其第一节如下:

> 我是天空里的一片云,
> 偶尔投影在你的波心——
> 你不必讶异,
> 更无须欢喜——
> 在转瞬间消灭了踪影。

具有这一类"变工字建筑"外形的诗歌还有徐志摩先生的《呻吟语》,沈祖牟先生的《瓶花》《孤零的歌》。

新月派诗歌的字建筑,除了上文述及的"口字建筑"和"工字建筑"之外,还有形如"干"字的"干字建筑",如朱湘先生的《夜歌》,卞之琳先生的《远行》,徐志摩先生的《问谁》《三月十二深夜大沽口外》,等等;形如"中"字的"中字建筑",如闻一多先生的《你莫

---

① 《新催妆曲》,参阅《徐志摩诗》。

怨我》《我要回来》；形如"土"字的"土字建筑"，如徐志摩先生的《她是睡着了》。①

汉字是方块字，能使读者第一时间产生视觉上的对称美。就像梁思成先生所说："在建筑设计的艺术处理上还有均衡、对称的问题。如同其他艺术一样，建筑物的各部分必须在构图上取得一种均衡、安定感。取得这种均衡的最简单的方法就是用对称的方法，在一根中轴线的左右完全对称。"他还说："但取得构图上的均衡不一定要使用左右完全对称的方法。"②诗歌的外建筑或许也是如此，诗歌具有了上述的"字建筑"，其对称的外形结构往往使人一眼看上去有一种均衡、安定之感，往往一见倾心，使读者第一时间获得视觉上"书法美"的享受。

读到此处，或许有人会认为："什么'口字建筑''工字建筑'，Word排版居中对齐就好了。"是的，不排除居中对齐是形成诗歌外建筑美的一种手段。然而读的诗歌多了你就会发现，诗歌的字建筑美不全是居中对齐那么简单。做建筑嘛，"节奏和韵律是构成一座建筑的艺术形象的重要因素"。③诗人这位建筑师对诗

---

① 《问谁》《三月十二深夜大沽口外》《她是睡着了》，参阅《徐志摩诗》；《你莫怨我》《你要回来》，参阅《闻一多精选集》。
② 参阅梁思成：《建筑和建筑的艺术》。
③ 参阅梁思成：《建筑和建筑的艺术》。

歌外建筑的构造也是有讲究的,也就是说需要考虑节奏和韵律。在诗歌中,有论者将诗歌的节奏分为"外节奏"和"内节奏","外节奏"指的是借平仄、用韵、字句的重复与增减、形式的匀称与呼应,表现出来的语音的律动感;"内节奏"指的是由情绪、思维、意象、气氛等"非语音因素"构成的律动感。① 可见,外节奏与韵律相通,也就是新月派所谓的音乐美,而内节奏则与我上文提到的内建筑相通。也就是说,对诗歌外建筑的构造一定程度地需要依赖于"三美"之一的音乐美和内建筑的变化。

上文述及的"字建筑"只是新月派诗歌建筑美的一类,另一类建筑美权且称之为"非字建筑"吧。这一类"建筑"相比于"字建筑"更自由。"非字建筑"虽然不像"字建筑"那样能给人以均衡、对称、安定之享受,却有不一样的参差、错落之美感。其感受就像一个人爬上了一座城市楼房的最高点(抑或是一座高峰)来俯瞰这座城市的楼房(抑或是脚下山峦)一样,虽然看到的楼房(或者山峦)是高低起伏、参差错落的,但是能给人某种不一样的美感。比如徐志摩先生《再别康桥》,具有像《再别康桥》这样建筑特点的诗歌在

---

① 这里"外节奏""内节奏"概括的说法,可参阅刘正忠:《坟墓·尸体·毒药——新月诗人的魔怪意象》。

新月派诗歌里不胜枚举。另外,如徐志摩先生的《我有一个恋爱》《雪花的快乐》《残破》等等;朱湘先生的《摇篮歌》《戍卒》,陈梦家先生的《雁子》《小诗》,卞之琳先生的《傍晚》《一块破船片》等。这些诗歌的外建筑都别具一格,因而能给读者一定的视觉美感,或许是心灵上的某种舒畅、安逸。

那么后人在作诗过程中,是要按照已有的"建筑"来写作吗?显然是不一定的。"建筑美"是新月派诗歌"三美"之一,也即是新格律诗的特征之一。关于新诗的格律问题,闻一多在将其与旧诗格律作对比时提到这样三点:第一新诗的格式是层出不穷的;第二,新诗的格式是根据内容的精神制造成的;第三,新诗的格式可以由我们自己的意匠来随时构造。① 显然,我们在学习和使用新月派已有"建筑"来作诗的同时,是可以根据自己要表达的内容、精神或者说是"志"来构造适合自己"诗人之志"这个人居住的建筑的。

关于新诗的创作,我是很喜欢新月派的主张的。② 所以在《子摩诗稿自选集》这本集子中,你会读到一些我使用新月派已有"建筑"来创作的诗歌,当然也有一些根据我自己实际情况构造的"建筑",还有我

---

① 参阅闻一多:《诗的格律》。
② 参阅杨枝奇:《奇说"作诗"》。

在一首诗歌中混合使用多种"字建筑"的诗歌。比如：具有《再别康桥》一类建筑特点的诗歌有《我的小屋之前》《远近》《思念》；具有"口字建筑"特点的诗歌有《相思犯了罪》《飞翔（其一）》《风到之处有我》《夕阳下的相守》等，具有"工字建筑"特点的诗歌有《雨后寻梦》《觅不见莲花》《夜好》等，具有"土字建筑"特点的诗歌有《晨露》《夜风轻吟》等，字建筑混合使用的如《雨点》；其他非字的自由建筑，如《看，一个疯子》《冬日太阳的婚礼》等。这算是我对新月派"建筑"的学习和创新做出的一些大胆的尝试吧！

杨枝奇
2014年12月20日于瑶湖师大
2017年12月28日易稿于大可斋

卷四 相关评论

《江雪诗稿》序[①]

陈立芳[②]

2011年下半年,我所教了一门音乐公共课——"歌唱技巧与表演",班里有一位化学化工学院的男生杨枝奇同学给我留下了深刻的印象。他不像自己的同龄人那样狂热地喜欢通俗歌曲和追逐流行歌手,他不仅十分喜欢美声和民族唱法,而且还喜欢好多国外艺术歌曲,像意大利著名的艺术歌曲《重归苏莲托》《我的太阳》《桑塔露琪亚》。歌剧选段《今夜无人入睡》《饮酒歌》也会唱好几句,就是高音部分有困难。其实这些歌曲中的高音,就是音乐学院高年级的学生要想唱好也都不容易。中国歌唱家最喜欢魏松、戴玉强、吴碧霞、王宏伟等一些美声、民族唱界的大家,这些名家所演唱的代表作,枝奇同学也都会哼唱,他已

[①] 《子摩诗稿自选集》正式出版前名为《江雪诗稿》。该序为陈立芳老师2014年作,当时《江雪诗稿》收入了高中时所作诗歌和大学所作部分诗歌。
[②] 陈立芳,江西师范大学音乐学院副教授,先后在《人民音乐》《艺术评论》《歌唱艺术》等学术期刊发表论文数篇,其创作的《炊事员之歌》《自豪的机务兵》《一飞冲天》《勇敢飞翔》等歌曲收录在南京军区空军政治部主编的军旅歌曲集中,深受驻赣空军官兵的喜爱,并广为传唱。

经不是一般意义上的发烧友了。

不管枝奇在歌曲演绎过程中的成效如何,他身上所散发的才气却是无法遮掩的,他不仅创作了大量的颇具唐风的古体诗,填写了好多极有意境的古体词,还创作了近百首的现代诗歌,把自己的许多浪漫情调和儒雅志趣恰到好处地融入字里行间,显示出一位理科生与众不同的文气和才华。

枝奇同学是一位农家孩子,他在高中时期就开始写诗歌了,带着农村孩子所具有的质朴和勤勉迈进大学校园后,眼界更高远了,思想更活跃了,创作的领域更宽阔了,把诗歌创作扩展到散文、随笔、小说、短剧等方面,并收录进了集子《琐碎》里,把相声、小品等作品收录进了集子《事趣》里,还涉猎到篆刻、绘画等其他艺术领域,还登台表演自己的作品,从学院元旦晚会到南昌市各大学文学社团联谊会,再到本届"五四"青年文化艺术节之曲艺专场晚会,其相声的表演有模有样,笑点不少,赢得了广大师生的好评,有几次演出我都目睹了他的风采。他是一个十分热爱学习,而且又非常勤勉、极为执着的后生,精力充沛,爱好广泛,且有不少建树的奇才,相信假以时日,他会有所作为的。

枝奇同学把诗歌集取名为"江雪",源自于唐代著名文学家和诗人柳宗元的一首山水诗。诗中云:"千山鸟飞绝,万径人踪灭。孤舟蓑笠翁,独钓寒江雪。"描述了一幅极萧瑟、幽僻的江岸雪景图,意境深邃,格调高雅,渔翁静伫岸边,锁定目标,矢志不渝地坚定信念,是一种能耐住寂寞、不惧恶劣环境、虔诚做事的至高至远的人生境界。选取"江雪"二字作为诗词集的名字,体现了枝奇同学的不羡繁华,愿坐冷板凳的追求自己梦想的奋斗过程以及他别具一格的审美取向。

如果说枝奇同学是我的学生,老师有一种爱屋及乌的情愫,我丝毫不回避这种揣测;但是,更多的是被他的才华所打动。我欣赏并举荐他来接受大方之家的挑剔和审视,体验他诗歌里洋溢着的真挚情感,观赏他诗歌里营造的美妙意境,包括那些充满哲理和对人生终极关怀的思考,都会给读者以无限遐想和深深的启迪。是金子总会发光的,《江雪诗稿》的魅力就在这里,你会情不自禁地感慨良多,一位理科学生平素所养成的严谨刻板与缜密逻辑以及思维方式此刻都被诗化了,诗情画意美丽得你想张开臂膀去拥抱每一首诗词里充满浪漫色彩的意象,进而更想认识制造这种欲望的枝奇同学,一位眼睛里透着一汪深情、脸上始终露着笑意的白面书生。

看着他送给我阅读的厚厚的诗集清样,我十分感慨地给音乐学院学生大力介绍了这位有坚定信念、富有

热情的同学,希望同学们能够如枝奇同学那样,在自己的人生道路上多树几块路标。枝奇同学这种兴趣非常高雅,像中国传统知识分子那样具有浓郁的家国情怀,每到一个地方都会诗兴大发,或描景状物,或抒发情感;或颂扬新风尚,赞美正能量;或批评陋俗,鞭挞恶风。于是,就是这样的坚持,才有这样的奇迹。枝奇同学的诗集对我和我身边的师生都是一个不小的震荡,他让大家看到了山谷里野百合的春天那绚丽多彩的一面。

  枝奇同学是一位非常有情谊的学生,愿意分享他的收获喜悦给同学,我教他课的那个时候,他乐于学习,积极主动,没有缺过一节课,就是课程结束后的这两年多期间,他还经常与我联系。一个化学化工学院的学生,如此信赖和敬重一位音乐学院的老师,看来,我讲的那个课程给他留下了深刻的印象。而且他一直有一个愿望,想让我给他的诗歌集写序。诗歌是一种特殊的文学体裁,我尽管也写过诗歌,但是一向不敢对之妄加评论,毕竟已经过了写诗的年龄,对古体诗词读得多,研究得少,看着枝奇填写的那些古体诗词,就觉得他真的是下了一番功夫的。倘若把他填写的古体词抽出几首,与宋人中除了苏轼、辛弃疾、李清照、柳永、晏殊父子和苏门四学士等超一流的填词高手外的填词高手所填写的好词混在一起,没有一定的眼力,真是难辨伯仲的。

另外,枝奇同学还让我给他一些建议,我也确实想给充满激情的枝奇一些建议,希望他多用现代诗歌的体裁来抒发、表达自己的愿望和情感,古体诗就是写得再好,也已经过了那个适合其生存的年代,大家会抽时间拜读宋代名家的词作,不会拿他写的这些词作作为学习的典范,习古只能作为一种学习、研究手段,目的还是为今天的新诗词服务。关于这个问题,枝奇有他自己的看法,真心希望枝奇同学的创作领域更加宽广,并且有更多精品问世。

枝奇说,他打算暑假期间就将这本诗集付梓出版,并把它作为大学这段时光一个漂亮的小结,看来后半段的创作已经程了,衷心祝愿枝奇同学,也相信他有创造奇迹的能力。枝奇同学的成长和成绩,让我极为感叹江西师范大学的录取工作,现在他仅仅是初露端倪,以后的路还长,枝奇同学还在积累,假如得到大方之家的青睐和赏识,给他以点石成金的拨调,保不齐,枝奇同学就成了这个时代一颗将要升起的耀眼新星了。

我最近有好多事情总是分身乏术,枝奇多次问我,我给他的诗歌集写的序是否告罄,我总是一推再推,不知道自己写的那些文字是否对得起枝奇的诗集,就把我对枝奇的了解做了一个搜肠刮肚的拼接,自

己还是不满意，因为枝奇同学的才气不是这短短的千字文所能承载得了的啊！更何况这诗集是他多年心血的积累，没有读透他的心思，怎么能引荐给更多想要阅读那些跳跃和流淌的语句的受众呢？权且把我的这些粗浅的认知作为我向枝奇的交差吧！唯愿枝奇在歌曲、诗词等方面取得更大的进步！

陈立芳
2014年5月15日凌晨于
江西师范大学瑶湖校区寓所

读杨枝奇的诗①

詹冬华②

今年某次上课期间，有一位化学化工学院的学生递给我他写的诗集，他名之为《江雪诗稿》，并邀请我写点文字。我虽然接触文学很长时间，对诗歌也颇感兴趣，但此类评论的文章写得并不多。但我无法回绝一个对文学有着热烈追求的学子的真诚企望。我知道，这在他，是一件大事。

我在2011年江西师范大学青蓝文学社的一次诗会里首次遇见枝奇，从他的发言中了解到他的文学天赋，渐渐接触，发现他的艺术才能颇为全面：文学、绘画（焦墨）、篆刻、相声等，都有所涉猎，这真是一位奇枝独秀的青年才俊。

---

① 此文为詹冬华老师2014年7月作。
② 詹冬华，现为江西师范大学文学院教授、博士生导师，江西省高校人文社科重点研究基地——当代形态文艺学研究中心研究员，江西省高校中青年学科带头人，南昌市文艺评论家协会副主席。主要从事文艺美学、文艺批评、中国诗学等方面的研究。已出版著作3部，发表论文40余篇，著述逾百万字。

古语说"诗言志",闻一多释"志"有三义:一曰记忆,二曰记载,三曰怀抱。所以,就文学而言,其最基本的功能便是记录过去的事情,诗在记录过去的事情上有着非常重要的作用。枝奇在高中的时候就开始写诗了,而且现代诗和古体诗皆能创作。从诗作内容来看,多数是自己成长及求学过程中的一些人生感悟,作者往往攫取生活中的一个细节,触景生情,表达此时此刻的生命感悟。

特别值得一说的是,作者在意象选择方面没有过多受古人的限制,而是大胆地将当代生活中出现的事物嵌入到诗作当中,写出鲜活、具体、真实的青春年华。比如《贺新郎·春恨》等。其中《守着手机的安谧》,全诗如下:

夜,像寂寞的姊妹
在寒风中悄然来临
而我,像极了夜的情人
守着手机的安谧

夜,是寂寞的姊妹
确实把我当作了情人
对我不离不弃
和我,守着手机的安谧

夜，被砰然打破
手机铃声响亮而又熟悉
将这堆沉寂震得粉碎
像坠地的酒杯，声音寒脆

眉间划过一丝欣喜
瞬间定格到手机屏内
看到的却不是你的言语
还得守着手机的安谧

守着手机的安谧
成了寂寞的情人
心魄在夜空中冰冷
只求梦中期盼的你！

这首诗以手机这种现代通信工具为载体，通过手机等待情人的消息，表现出现代人对情感期待与阐释的独特心理感受。设意巧妙，表达细腻，读来颇有一番意味。

在作者的现代诗中，《冬日太阳的婚礼》颇让人注意。作者在四个小节的开始，采用类似的句式，将诗的内在意蕴与思想维度一层层展开，既像阶梯，又如

屏风。如下:

选在三九的冬季——
举行这太阳的婚礼
——是太阳的意思。
……

走在三九的冬季——
参加这太阳的婚礼
——是我的意思。
……

歇在三九的冬季——
庆贺这太阳的婚礼
——是自然的意思。
……

留在三九的冬季——
感受这婚礼的宁馨
——是世界的意思。
……

寒冬既久,大家期盼温暖的阳光照临人间。在诗里,太阳被打扮成婚礼上的新人,整个世界与自然都为太阳的出现感到欢欣鼓舞。作者可能受到"五四"时期现代白话诗的影响,将某种情愫编织成意象,融入到诗歌世界之中。

我个人更欣赏枝奇的古体诗词。从他的诗集中经常可以看到很有意思的佳句,确是作者独到的艺术发现与灵感兴会。作者读了不少经典古诗词,对唐诗宋词有着较为熟稔的理解和把握,并且能够自如的化用,恰到自然,产生了较好的审美效果。如《相见欢·凭楼独盼》:"晓来还倚危楼,落银钩,帘卷冰风有意刺眉头。人未死,魂先去。水东流,尽是人间离恨断肠愁。"[①]该词意境与李煜《相见欢·无言独上西楼》有相通处。当然,也有欠推敲的地方,如《雪》:"不知窗外雪,跶舞玉天来。潜入神州地,乾坤日夜白。"最后一句化用杜甫《登岳阳楼》中的"乾坤日夜浮",但气韵境界均有很大差异,不若改为"乾坤一夜白",意思醒豁,气韵仍在。

在枝奇的古体诗词中,有一首很有意思的词作,读来与众不同。《长相思·怀友》:"云影追,月影追,追到枝头残叶飞。寒风眉上摧。思堆堆,念堆堆,念往蓬山青鸟背。心随雁字归。"该诗作词律用白居易的《长相思·深画眉》,但其意蕴更类似白居易的《长相思·汴

---

① 该作初稿为"人未死,魂先去"。2015年定稿为:"人未故,魂先去"。

水流》:"汴水流,泗水流,流到瓜洲古渡头,吴山点点愁。思悠悠,恨悠悠,恨到归时方始休,月明人倚楼。"词作保留了原词情感展演的动感,同时也有所出新。作者将"思悠悠,恨悠悠"灵活化为"思堆堆,念堆堆",将无形难状的思念情愫具象为一堆堆的可见可感之物,同时也道出了思念是一个不断叠加的过程。下一句化用李商隐《无题》中"蓬山此去无多路,青鸟殷勤为探看",将思念引向看似明确、实则虚幻的缥缈之境,使得词的意味更加深长恍惚。

枝奇的诗歌创作有传承,有积累,有出新,显示了颇为扎实的诗词功底。关键是,他有一颗青春阳光的心,有满腔的热情以及对艺术的无限热望。我们有理由相信,假以时日,枝奇一定会在文学方面有一番更大的收获和作为。

詹冬华

2014年7月1日于瑶湖而复轩

《江雪诗稿》跋[1]

杜华平[2]

枝奇君最让人感动的是他对文学艺术的热爱。我不知道出于什么原因,他考了理工科。记得早在民国时期,钱锺书就说过,海通以来,中国人睁开眼睛看到外面的世界,都知道学工商、学政法才是正道,搞文艺、哲学的人都是不识时务的落伍者。

与那个时候相比,现在的社会更是物质极为发达的时期,学金融、经济、工商实业,是大多数人的选择。奇怪的是,他虽然学的是化工专业,但却对文艺情有独钟,痴痴地研究着"只可自愉悦,不堪持赠君"的诗词和音乐。如果这仅仅出自爱好,出自"少不更事",也许作为旁人,我们无话可说,但是,二十岁

---

[1] 此文为杜华平老师2014年9月作。
[2] 杜华平,现为江西师范大学文学院教授,中国古典文献学学科负责人。江西省古代文学研究会会长、江西省诗词学会副会长、中国文学地理学会常务理事、南昌市楹联家协会副主席。已创作出版个人著作多部。

左右的青年如此坚定、执着地要走文艺之路，这当然绝非一时的"意气用事"，而应该视为理性、自觉的选择，这就不能不让人格外敬重了。是的，每一个时代都存在一些异类，不跟风潮，不随人后，坚守着自己的内心标准。我非常敬重这样的异类，他们是思想者，是有精神世界的人。

诗词的底层是数千年的文化，受当代教育影响的知识分子，欣赏古典诗词都是极为不易的，更遑论写诗填词了。然而枝奇君不仅写了、填了，而且还屡出惊人之作，他总能带着幼年时期从宁静的乡野中所获得的自然体悟提炼意象、寻觅诗意，因而在诗笔中，总有一种朴野、奇异乃至神秘之感。阅其早期作品，其诗境有时不免有稚拙，而稚拙中却仍有极为可爱之处。

枝奇君与清后期诗人郑子尹同为黔人。郑诗出，耸动天下，枝奇君他日或可与子尹先后为诗坛出奇？

杜华平
2014年9月8日

胡　言[①]

2014年8月24日，和Mr.7聊天，聊到诗歌创作思想取向方面的问题，他说："不主张文学家搞政治太多"。我们讨论时谈到他的诗歌，他问道：你觉得我现在的想法是怎样的？以后会向哪里改变？他希望我能就他提出的两个问题提一下看法，我充其量只能算是读诗而非写诗之人，对诗歌不甚了解，因此在这儿胡言乱语一番，不管是否符合，仅代表个人主观感受。

是的，不管是理学、艺术，还是文学，它们从当初不足挂齿的雏形到最终让世人景仰的"形体"，其间必有无数次凤凰涅槃的煎熬，这就非常需要其"运载体"（比如文学者）心无旁骛、矢志不渝的坚持。但是，每一个人都是这个大世界的一部分，即使所占的比例极其微小。人们无法将自己从中剥离出来，倘若真的能，那他将失去生存的根基，不久便会消亡。

[①] 此文为作者2014年9月作。应作者之意，于此隐去其姓名。

我觉得他思想偏执,并不代表我的观点完全相反。这世间,没有什么是纯粹的。或者我们对纯粹的概念理解不同,我认为没有纯粹的东西是因为我们所追求的东西需要外界的支撑、辅助和推动,这就决定了它们之间的联系而使之无法纯粹。

为了找到第一个问题的答案,避免我的想法有失偏颇,我找出了他的诗词,进行了简单的分类,并回看了和他讨论的内容,我觉得他现在对于诗歌创作的想法是简单的、随心所欲的,希望借助诗歌表达内心的感受和想法,"我诗抒我情",并在诗的意象、字词、意境、结构等有所突破,打开局限,有自己的风格。而对于诗歌创作者本身或者直接说诗人,他希望在这其中思想和行为不应该受到其他纷杂事物的影响,这就如同希望矿泉水不应该加入过多的矿物质一样。

对于第二个问题,我只能揣测,明天的事谁能说得准呢?当然,这也是我从他目前的诗的风格和内容来进行猜测的。他的近体诗有将近一半是描写悠闲自在、风光秀美的田园和山水来寄情的,并且笔触清新,用词活泼调皮,比如《游春》;而现代诗的情感表达在我看来并不完全倾向一边,表达一种人忧事重的情绪的有《相思犯了罪》《乞者》,表达悲欢离合思念的有《思在中秋》《七夕的天空》等。有婉约怅惘无奈之风,也有豪放壮志大气之派,但前者居多。所以他近来的诗，大多是以前者为主，至于思想方面，会以文学本身为主体，以其余为推力；以纯粹的思想为源泉，以诗的纯境界为制高点；以感观认识为灵感，以理性行为为诗。这也是最美好的愿景。

其实，我倒是很欣赏这样的偏执。不在乎别人的批评意见，不在乎别人的诋毁流言；不受常规的约束，不受习惯的限制；心无旁骛，一心所向，致力于自己的事情。这样的偏执难道不好吗？

2014年9月9日于黔南师范学院

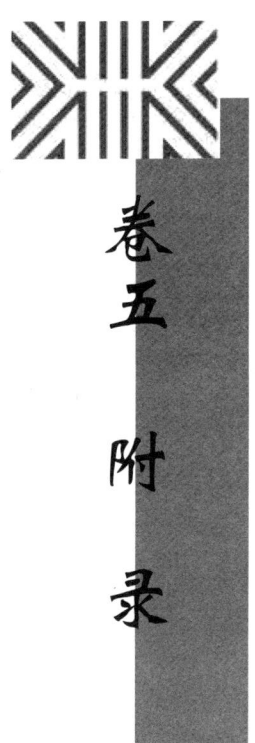

卷五 附录

附录一

"奇说"微语选录

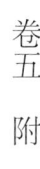

1. 幸福是一种心理感受,是自己通过合理合法的社会活动而获得的精神及心灵上的愉快、满足和充实!(2011年11月12日)

2. 总责他人之过,谬也,当省之于己,问曰:"为己谬乎?"谬者,改之!(2011年11月25日)

3. 可以如是说:我们都被宇宙奴役着,成了宇宙的奴隶!(2011年12月2日)

4. 在以前,鲁迅先生喜欢讲吃人和被人吃,很多人习惯了吃人,也有很多人习惯了被人吃,然而有很多人习惯的是人被吃。被人吃的人不一定很幼稚、很愚笨,能吃人的人也不见得很聪明、很智慧!(2012年3月4日)

5. 当你正为你的某项成果或者成功扬扬得意、赞不绝口时,那么千万当心,可能你已经犯了某些不可忽视的、致命的错误!(2012年3月25日)

6. 无论做什么,都得明确自己想干什么,自己要

干什么,自己在干什么,自己该干什么!(2012年3月31日)

7. 其实人们在追求自己的幸福,在为自己寻求更美好的生存途径、更完美的生活方式的同时,已经不知不觉地在为自己挖掘坟墓了!(2012年4月12日)

8. 请相信,不是每一件东西都如你想象的那么邪恶,毕竟事物的本源还是真诚的、善良的、慈悲的!(2012年5月5日)

9. 当你觉得你对一件事物很了解的时候,实际上你对它的认识才正式开始!(2012年5月28日)

10. 人生就是一个学着发笑的过程,等有一天学会真正的笑了,那估计也是一个人人生的终结了,抑或是人生的起点……(2012年9月24日)

11. 儒以待人,佛以纳事,道以修身!(2012年12月5日)

12. 说:"你有心了!"答:"没心早死了!"回:"那,你心多了!"答:"拿那么多心干吗?心多眼多,一颗就够了,最主要的是活的、真的、慈悲的!"(2013年9月27日)

13. 脑袋里面装的似乎都是些零碎的机器零件,可零件终究是零件,你要做的便是把它们组装成形,组装成一个完整的有效的智慧的运作系统。不时地还要扫描检查一下,有没有线路故障,有没有零件老化,有没有病毒入侵。如果有，那么得想办法查杀病毒，修复系统，而不是总想着换个脑袋。脑袋，毕竟还是原装的好！（2013年10月4日）

14. 人生中很多的痛苦都是自己造成的劫，我们习惯地把这种现象说成是自己跟自己过不去，而我们要做的是勤于修心，修不忘之初心，勿把此劫迁于他物或他人，否则害人害己，思痛晚矣！切记，切记。（2015年8月16日）

15. 现在我们都在讲矢志不渝、不忘初心，然而很多人不知道志在何方，心在何处。很多时候，我们在用矢志不渝、不忘初心来要求自己的时候，已经不知不觉地走上邪路了：或是行为上的邪路，或是思想上的邪路，抑或是精神上的邪路。奇曰："矢志不渝、不忘初心本是好事，然而切不可被其束缚，被其左右，执迷其中，不得解脱。矢志不渝，其不移之志，当是美丽的、高尚的、高雅的。不忘初心，其不忘之心，当是正确的、善良的、慈悲的。明明自己已经走上邪路了，还在执迷不悟，还在为自己的无能、无知找一些冠冕堂皇的借口，这是不可取的。望诸公重视，切不可等闲视之！"（2015年12月19日）

16. 你若把你钉死在了山谷，那么你永远不会知道山顶的锦绣，和山那边的广袤、无穷；你若把你钉死在了山顶，那么你永远不会知道山谷的深邃，和山谷

中的清音、玄韵!（2016年2月6日）

17. 诚信、善良可为立世之原则、根本，望诸公勿以等闲视之!（2016年9月13日）

18. 上学时，学的很多文章都在批判奴性，尤其是杂文比较明显。然而余窃以为，相对奴性而言，"王性"更盛。很多人内心都有奴性，然而在他的心里王性要强于奴性，奴性越强，王性就越强，二者或不可分。（2016年11月23日）

19. 很多时候你会发现大家都有病，也有很多人深知自己是患者。在这些患者之中，又有部分人习惯于看医生，也乐于看医生，然而看了医生之后却不愿听取医生的诊断建议，不愿按医生的药方配药、服药。进而使自己习惯于患病，也习惯于使自己病着。最后怨天不公，佛祖不佑。奇曰："岂有此理!"痛哉!（2017年9月16日）

20. 现在很多朋友在寻觅远方，想去远方，然而却不知道远方在何方。去远方寻找远方，那远方始终是远方。真正的远方不在远方，而在心上，若要寻找远方，需先明白心在何方。也即是要寻远方，明心可见性，见性即见志，见到志自然见到远方。（2017年9月26日）

附录二

枝奇楹联选录并征联（新韵）

1. 上：登南天门看南天天蓝蓝天下；
   下：？

   （2010.10 于六枝九头山。句中"南天门"是一景点，六枝有一公园，名唤九头山公园，园顶设一门，名唤南天门。）

2. 游人游观园，观园清清风风曳叶；
   学子学《论语》，《论语》美美句句欣心。

   （2012.02.05 游园）

3. 上：？
   下：墙上风扇／扇扇／扇生风，风扇扇，扇扇风，风生扇扇／扇扇／风上墙。

   （2013.06）

4. 泉生古刹，亭前曲蘖流云醉；
   雾戏高林，叶上松烟画客迷。

   （2014.07.10 野外写生）

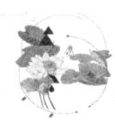

5. 上：天口双雄而吞吴可矣；
下：？

（2014.12.28）

6. 古木擎天，暮暮朝朝气雅；
寒窗赋韵，年年岁岁书香。

（题古城楼，2015.12.10 于宜春）

7. 上：？
下：明月山，山月明，明月山晚山月明。

（明月山为江西宜春五A级风景区）

8. 丙申年春节作对联三副。

其一：墨走千山，任春风作赋；
音通四海，听细雨成歌。

其二：何方韵雅？万山春水万山乐；
此地情真，一代新风一代魂。

其三：高山岭上，碧水多情天奏乐；
暮雪林中，春阳有韵客安禅。

（2016年2月14日）

9. 远樊笼，松风入耳知笔墨；
思性海，觉路清心辨真如。

（2017.06 成都文殊院）

10. 山水清风歌韵律，清音袅袅；
歙石碧墨续云章，碧叶翩翩。

（2017.11 大可斋）

11. 常敬斋，得自性方能怀素；
维摩经，非真如无以悟空。

（2017.11 大可斋）

附录三

枝奇印章作品选录

图 1 "青蓝文学社印",作于 2013 年 9 月。

图 2 "莲",作于 2014 年 6 月。

图 3 "静",作于 2015 年 9 月。

图 4 "笃志",作于 2015 年 12 月。

图 5 "墨韵",作于 2015 年 12 月。

图 6 "九天玄女圣母律令敕",作于 2015 年 9 月。

图 7 "东山散人",作于 2016 年 7 月。

附录四

杨枝奇文学创作履历

◆ 2007年开始接触诗歌创作,创作涉及散文、小说、短剧等。

◆ 2008年加入六枝一中翾梦文学社,先后于校刊《六枝一中》发表诗歌《鹊桥仙·深秋独处》《定风波·良辰何处》,散文《民族的脊梁》。同年自号桃源仙人、逍遥散人。同年12月于"一二·九"文艺汇演上表演相声《爱国》、小品《学习先辈》,获校内师生好评。

◆ 2011年诗歌《思》获全国中小学生诗歌大赛三等奖。

◆ 2011年加入江西师范大学青蓝文学社。同年11月成为社刊《青蓝苑》"诗絮飞扬"版块编辑。诗歌《静静地,朝深处去——》获江西师范大学第八届金秋诗会原创诗歌比赛三等奖。

◆ 2012年4月诗歌《游春》(五首,并引)于江西师范大学"振兴师大,从我做起"校园文明建设大赛中获三等奖。

◆ 2012年4月诗歌《拟早锄》获江西师范大学首届现场写作大赛二等奖,获"十佳写手"称号。12月改号为东山散人。

◆ 2012年5月诗歌《冬日太阳的婚礼》获江西师范大学第十九届"瑶湖春潮"之谷雨诗会原创诗歌比赛二等奖。颁奖典礼中场节目表演相声《学诗歌》，获校内师生好评。

◆ 2012年5月参加江西师范大学硬笔字、软笔字比赛，均获三等奖。同年年底于江西师范大学化学化工学院元旦晚会上表演相声《我的专业》，获校内师生好评。

◆ 2012年9月到2013年9月成为青蓝文学社编辑部副部长，社刊《青蓝苑》[①]副主编（之一）。

◆ 2013年6月诗歌《夜下》《瑶湖师大清晨即思》《长相思·夜未眠》和《叨叨令·遇雨》合辑为《新韵旧体诗（四首）》，获江西师范大学第二十届"瑶湖春潮"之谷雨诗会原创诗歌比赛二等奖。

◆ 2013年10月诗歌《冬日太阳的婚礼》《我的小屋之前》和《雨后寻梦》合辑为《寻梦（三首）》，获南昌市高校大学生诗歌比赛一等奖，其他诗歌均于全国大学生诗歌比赛中屡次获奖。

◆ 2013年9月到2014年9月任青蓝文学社副理事长，社

---

① 《青蓝苑》是江西师大青蓝文学社社刊，是江西师大校级刊物，指导老师为詹冬华。

刊《青蓝苑》主编（之一）。并以笔名冯杨于《青蓝苑》发表小说《走路》《老太太之死》。

◆ 2013年12月诗歌《原草》获江西师范大学第十届金秋诗会原创诗歌比赛一等奖。同年年底于江西师范大学化学化工学院元旦晚会上表演相声《手足之争》，获校内师生好评。

◆ 2014年5月参加江西师范大学"五四"青年文化艺术节之曲艺专场晚会演出，相声《手足之争》获校内师生好评。

◆ 2014年9月《农居》（选六首）获第九届全国大学生文学作品大赛诗歌组二等奖。同月改号为七散人，又号七疯。

◆ 2014年10月加入中国诗词协会，诗歌《山行小记》《晚山》收录在《当代诗人作品精选》中。同月加入野山茶新诗社，诗歌《晨露》《飞翔》（两首，选其一）、《远近》《原草》《观鱼》《随风》《坟地》等获诗友好评。

◆ 2014年11月到2016年5月应邀为网络诗歌社团中华文学社原创诗歌比赛评委。《南乡子·落木打危楼》《一剪梅·冬园》《醉花阴·寄久别好友》《班级聚会即兴》《夜下》《游阳宝山寺》《星空》《晚山》《叫花》《老人的守望》《夕阳下的相守》等获诗友好评。

◆ 2015年1月到2016年4月应邀为中国微诗联盟文学

网后台编辑。

◆ 2016年5月诗歌《春日月下小酌》发表于《诗词月刊》，同时被收入《中文科技期刊数据库》。其他作品散见于网络。

◆ 2017年10月加入中华诗词学会。

◆ 2017年11月加入中国楹联学会。

◆ 2017年11月—2018年9月为中国诗词协会理事，现为中学教师。

◆ 2018年5月散文《富贵竹随思》获第五届中外诗歌散文邀请赛一等奖。

◆ 2018年7月散文《樱桃熟了》收在《中国当代散文实力作家》一书中。